JN034763

パーティーをクビになったので、
「良成長」スキルを駆使して
牧場でもふもふスローライフを
送ろうと思います！

夢咲まゆ

この作品はフィクションです。
実在の人物・団体・事件などに
一切関係ありません。

CONTENTS

Level UP

パーティーをクビになったので、「良成長」スキルを駆使して牧場でもふもふスローライフを送ろうと思います！

1

それはごく平凡な日のことだった。

「パーティーを抜けて欲しいんだ」

唐突にそんなことを言われ、ライムは「はい?」と聞き返した。

ちょうど荷物を運んでいたところだったので、危《あや》うくそれを落としそうになった。

「……どういう意味ですか?」

「そのままの意味だよ。もうパーティーを抜けて欲しいんだ」

目の前の青年クロトが言う。

腰に剣、肩からはマントを装備しており、見るからに勇者らしい格好をしていた。

クロトは数名の冒険者を率《ひき》いるリーダーで、各地の洞窟を探索したり、モンスターを討伐したりすることを生業《なりわい》としている。

ライムはそんな冒険者の一員として一緒に旅をしていた。

ちなみに、ライムが加入したのは二年ほど前。それまではごく一般的な村で、畑を耕して生計を立てていた。職業的にはいわゆる「村人」と呼ばれる立場だ。

武器を扱ったことはないし、魔法も使えなければアイテムを合成する知識も持っていない。戦力としてはほぼゼロである。

それでもパーティーにスカウトされたのは、「良成長」という特殊なスキルを持っているからだった。

イーデン王国で生まれた者は、誰もが必ず何かしらのスキルを持っている。汎用性《はんようせい》の高いものから希少なもの、特定の身分の者にしか発現しない限定的なものまで、幅広く存在していた。生活に便利な「物探し」というスキルもあれば、戦闘に特化した「力持ち」というスキルもあるし、「不器用」などのデメリットとしか思えないスキルから「強運」といったチートレベルのスキルまで、本当に千差万別である。

その中でもライムの持つ「良成長」スキルは、村人の中でもごく一部の者しか所持できない希少かつ特殊なスキルであった。

これの効果は「周りのものの成長率がよくなる」ということ。簡単に言えば、ライムの周りにいる冒険者は、そうでない冒険者に比べて格段に早くレベルアップするのだ。同じモンスターを倒しても、獲得経験値が三倍以上違うという。

ちなみにこれは動物や植物にも効果があって、ライムが育てた動物はたくましく健康になるし、野菜も大きい上に美味しくなる。こちらは村人として生活していた時に役に立っていた。

そんな点を買われ、パーティーに加入することになったのである。

それなのに……。

（いきなり「パーティーを抜けろ」ってどういうことなんだ……？　熱心にスカウトしてきたのは、そっちじゃないか……）

だいたい、俺をクビにするには気が早すぎるだろう……と思う。

確かに他のメンバーは、二年前と比べて格段にレベルが上がった。冒険の効率も上がったし、熟練の勇者でも難しいSランクの依頼もバンバン受けられるようになった。

だからといって、ここでライムを手放してしまったらこれ以上スキルの恩恵を受けられなくなる。「良成長」スキルがなくなったら、自力でのレベルアップもかなり難しくなる。

それでもいいのか。

ライムは荷物を置き、改めて尋ねた。

「あの、もう少し詳しく理由を話してくれませんか？　何でいきなり『パーティーを抜けろ』なんて言うんです？」

「話の通じないヤツだな。抜けて欲しいから『抜けろ』と言っているんだよ。それ以外に理由なんてない」

「……でも、俺がいなくなったら『良成長』スキルもなくなっちゃいますよ？」

「構わないよ。そんなスキル、僕たちにはもう必要ないからね」

クロトが、やや馬鹿にしたような目を向けてくる。貴重な「良成長」スキルを「そんなスキル」呼ばわりされたのも悲しかった。

「僕たちは十分強くなった。ここしばらくレベルアップの兆《きざ》しがないから、レベルも上限いっぱいにカンストしてしまったんだろう。つまり、きみの『良成長』スキルがあったところでこれ以上成長することはないんだ。そうなってしまったら、きみの使い道はもうない。使い道のない村人なんて、お荷物以外の何物でもないからね」

「お荷物……」

「わかるだろう？　そんなお荷物を、いつまでもパーティーに入れておくわけにはいかないんだよ。きみ一人のために旅費や食費を削るなんて、ハッキリ言って金の無駄でしかない。一緒に依頼をこなせない人なんて、このパーティーにはいらないんだよ」

「そんな言い方……。俺は一応、スキル以外の仕事もこなしてきたんですが」

「いっぱしに役立つアピールしてんじゃねぇよ。お前がやってきたことなんて、ただの雑用じゃねぇか」

と、斧《おの》を担《かつ》いだ大男ジャックが鼻を鳴らす。

今でこそパーティー一の力持ちである彼も、ライムが加入してすぐの頃は「力」のステータスに伸び悩んでいたものだった。「オレはこれ以上強くなれないのかもしれない」と弱音を吐いていた時期もあったが、良成長スキルの効果でどんどんレベルアップした。それで自信も取り戻していったのだ。

にもかかわらず、何だこの手のひら返しは。さすがに恩知らず過ぎるのではないだろうか。一体誰のおかげでレベルアップできたと思っているんだろう……。

「そうよね～？　雑用なんて誰にでもできるし。わざわざ村人にやってもらう必要はないわよね～？」

三角帽子を被った魔法使いエミリーも、こちらを見下すように笑ってくる。

彼女もかつては、初歩的な回復魔法しか使えないシスターだった。戦闘に出れば真っ先に狙われ、ロクな活躍もできずに撤退して悔し涙を流すのが常だった。

だが良成長スキルのおかげで魔力が倍増し、それに伴って攻撃魔法や召喚《しょうかん》魔法も扱えるようになった。これにより、攻守共に優れた魔法使いに大化《ば》けしたのだ。

もう、かつてのひ弱なシスターはどこにもいない。ここにいるのは、能力も態度も大きくなった魔法使いなのだ。

（……みんな変わってしまったんだな）

悲しみというより、どこか乾いたような気持ちがライムを襲ってくる。

クロトもジャックもエミリーも、この二年間で大きく成長した。よくも悪くも。

変わっていないのはライムだけ。村から出たことで様々な経験をすることはできたが、自分自身は何も成長していない。武器も振るえず、魔法も使えず、道具の知識すらない村人を、これ以上同行させる理由はない。

良成長スキルが不要になった時、ライムも同じように不要になった。自分の役目は終わったのだ……。

クロトがニヤニヤしながら言う。

「まあ、そういうことだよ。これから僕たちは、もっと難しい任務に取り組むことになる。ただでさえ大変な道中なのに、足手まといの村人を連れ歩くなんて危険極《きわ》まりない。いちいちきみを守ってやれないし、きみとはここでお別れするのが一番だという結論に至ったんだ」

「……。……そうですか」

「僕たちはこのまま冒険を続けるけど、きみは村に帰るなりどこかへ出稼ぎに行くなり、自由に暮らして欲しい。良成長スキルだったら他に欲しがる人はいるだろうから、それなりに需要はあるんじゃないかな」

「…………」

「そういうわけだから、もう荷物を運ぶ必要もないよ。今までご苦労様」

クロトは、ライムが運ぶはずだった荷物をサッと取り上げ、船に運んで行った。

目の前には、大きめの木造船が見えている。

のどかな港に停泊しているそれは、一日二回、イーデン王国本土に出向している定期船だ。イーデン王国はいくつかの島に分かれている国なので、こうした船が定期的に運行されているのである。ライムはその船に荷物を運び込んでいるところだった。

でも、もうそんな雑用をする必要もないのか……。

「では、これでさよならだ。元気でね」

クロトたちは罪悪感を覚えた様子もなく、さっさと荷物を運んで自分たちだけで船に乗り込んでしまった。

乗り込む直前まで、彼らは意地悪くこんな会話を続けていた。

「あーよかった。これでやっとお荷物が減ったわ」

「食い扶持《ぶち》も増えちゃうし、困ってたんだよな。なんであいつの宿泊代までこっちで負担しなきゃならねぇんだよ。オレたちが命張って稼いできた金だってのによ」

「良成長スキルがあったって、彼本人は戦力にならない村人だもんね。穀潰《ごくつぶ》しなだけで、役に立つわけがなかったんだ」

「そうそう。あれでソルジャーにでもクラスチェンジできれば、それなりの戦力になったかもしれないけど～」

「あーダメダメ。ソルジャーだってお荷物にしかならねぇよ。パラディンとかスナイパーとか、もっと上級職にクラスチェンジしなきゃな」

「ま、村人からいきなり上級職にクラスチェンジするのは不可能だけどね」

そんな風に嘲笑いながら、彼らは船と共に旅立っていった。感謝の台詞は一言もなかった。

「…………」

遠ざかっていく船を、ライムはぼんやりと眺めた。追いかける気力は湧かなかった。

「……はぁ」

これが一生懸命尽くしてきた末路か……と、心の中で呟く。

「きみのことが必要なんだ！」と熱心にスカウトされ、それに絆《ほだ》されて、村外への好奇心と共にここまでついて来てしまった。

けれど、終わってみれば虚《むな》しさしか残らない。持っているものは何もなく、これといって手に職もなく、ほぼ身一つで離島に置き去りにされてしまった。

（これからどうやって生きていけばいいんだろう……）

突然クビにされたので、所持金もほとんど持っていない。金目の物だってゼロだ。

ここハルモニア島はイーデン王国本土から遠く離れた田舎町であるため、船に乗らない限り島から出ることはできない。お金がなければ船にも乗れないし、港に放り出されたところで、どこにも行くあてがなかった。

……どうしよう。

こんなことなら、「別れてやるから手切れ金よこせ」くらい言ってやればよかった。

今更悔《く》やんでも仕方ないので、とりあえず身を落ち着けられる場所を探そう……と港から離れる。

しばらく島内部に歩を進めたところで、ポツリと一粒の雨が鼻先に落ちてきた。

「……あ」

見れば、いつの間にか雲行きが怪しくなっている。灰色の雲が一面に広がり、遠くでゴロゴロ雷が鳴っている音も聞こえてきた。これはまずい。一〇分も経たないうちに土砂降りになるに違いない。

「うわ、やば……！」

一刻も早く雨宿りできる場所を探さなくては。

ライムは島内を駆け回った。

この島は観光客もほとんど来ないので、宿やレストランの類いが一切ない。あるのは普通の民家と領主の屋敷、田畑や牧草地くらいだった。

しかも今は、島民も嵐に備えてみんな家に閉じ籠もってしまっている。外に出ている者はおらず、扉や窓も完全に閉め切られていた。

「……うわ！」

もたもたしているうちにピカッと空が光り、直後に雷鳴が周囲に轟いた。

間を置かず大粒の雨も降ってきて、あっという間に本格的な雷雨になってしまう。

「ちょ……待ってくれ！」

もう場所など選んでいられない。どこでもいいから避難しなくては。

大雨で視界が悪くなっている中、ライムは無我夢中で目についた建物に転がり込んだ。

よく見えなかったので、最初はそこがどこだかわからなかった。

中に入った途端、動物らしい臭いが漂ってきた。次いで「ンモー」という鳴き声も聞こえてくる。どうやら牛舎《ぎゅうしゃ》のようだった。見れば、足元にも藁《わら》がたくさん敷き詰められている。

しかし……。

（なんだ……？　牛舎というより廃墟《はいきょ》みたいだな……）

牛舎があるということは、ここは牧場の一部なのだろう。

しかし、それにしては牛の成育が悪すぎる。痩《や》せ細っていて毛づやもなく、雌にも関わらず乳房が萎《しお》れてしまっていた。

敷き詰められている藁も腐っているものが多いし、排泄物《はいせつぶつ》も放置されっぱなしで臭いがひどい。総合的に見ても、丁寧に管理されているとは言い難かった。

はて、この牧場は一体誰のものなのだろう。持ち主は何をしているのだろう。

「……やれやれ」

ひとまず、びしょ濡れになった上着を脱いで固く絞った。沁み込んだ雨がボタボタ垂れて藁に落ちていった。

自分で言うのも何だが、ライムもクロトとの旅でそこそこいい身体になった。彼らの雑用——荷物運びや炊事《すいじ》・洗濯は、体力・筋力がないと務まらないので、自然と身体も出来上がっていったようだ。頑張れば、そこにいる痩せた牛一頭くらいは持ち上げられると思う。

ちゃんと武器を持って戦う訓練をすれば、それなりの戦力にはなれたはずだ。

でもクロトは、ライムに「きみも戦力になってくれ」とは言わなかった。ただの一度も。

(戦力外として追放する前に、普通は他に使い道がないか試すものじゃないのか？　あの人たちの考えることはよくわからん……)

思い返せば、腑《ふ》に落ちない出来事はたくさんあった。

戦力になることは求められなかった一方で、容姿を揶揄《やゆ》されることは割と多かった。特に魔法使いエミリーにはよくこんなことを言われたものだ。

「せっかく見た目はいいのにね～？　それっぽい格好をすれば貴族の使用人に見えなくもないのに、ただの村人じゃ使い道がないわね～？」

そんな風に馬鹿にしておきながら、「油絵の画題になりそうな男性を捜しています」みたいな依頼は速攻でスルーしていた。

ライムに対して「穀潰し」だの「宿泊代が無駄」とか言うくらいなら、戦闘とは関係ない依頼を任せて稼がせればよかったのに、何故かそういうことはさせてくれなかった。

エミリーが言うように、自分はそこそこ容姿もいいみたいだから、絵の題材くらいにはなれたように思う。どうしてそういった依頼を任せなかったのか、未だによくわからない。

(そんなことより、これからどうするか……)

今は雨宿りするとして、雨が止んだ後はどうしよう。

島からは出られないので、どこかの農家で働かせてもらうか。あるいは、ここの領主様に「使用人として雇ってください」と頼みに行くか。一から畑を耕すのもできなくはないが、自分一人だとかなり厳しい。

さて、どの道を選択しよう。良成長スキルもあるから、やっぱり最初は近くの農家に声をかけて……。

「だれだ!?」

「っ?」

突然鋭い声を投げつけられ、ライムは驚いてそちらを見た。

薄暗い牛舎の奥からこちらを睨みつけているのは、幼い子供二人だった。

「きみたちは……」
五、六歳の男の子と女の子である。どちらも獣の耳と尻尾を持っており、人間ではないことはすぐにわかった。耳の形からして犬と猫だろうか。

（こんなところに獣人の子供……？　牛舎にこっそり住み着いているのか……？）

どう見ても、牧場の管理人には見えない。

ということは、管理人は獣人の子供が住み着いていることを知りながら放置していると
いうことか。あるいは、住み着いていることすら知らないのかもしれない。

いやホントにどうなってるんだ、この牧場……と呆れていると、男の子は女の子を庇《かば》う
ように立ち、ずびし！　とこちらに指を差してきた。犬の獣人の方だ。

「そこはおれたちのベッドだぞ！　かってにふんづけるな！」

「え？　ああ……ごめん」

慌てて藁の上から退避する。

ライムは怖がらせないよう、なるべく穏やかに話しかけた。

「驚かせてすまない。ちょっと雨宿りしたかっただけなんだ。何もしないから、しばらく
ここにいさせてくれないか？」

「あまやどり？　おれたちをつかまえにきたんじゃないのか？」

「まさか……。きみたちがここにいること自体知らなかったよ」

「ウソだ！　ここであまやどりするくらいなら、いえにかえればいい！　やっぱりおまえ
は、おれたちをつかまえにきたんだ！　それかミルクどろぼーだ！」

「……違うって。本当に行くところがないから、雨宿りさせてもらっているだけさ」

苦笑いしながら、別の藁の上に腰を下ろす。

男の子はまだ何か言いたそうだったが、女の子の方が後ろから恐る恐る話しかけてきた。

猫の獣人だ。可愛い。

「……おにいちゃん、まいごなの？」

「迷子……と言えばそうかもしれないな。実は仲間に置いてけぼりにされちゃって」

「……おむかえはこないの？」

「来ないよ。俺はもう一人だ」

「……すてられちゃったってこと？」

「ああ、まあ……な」

曖昧《あいまい》に返事をしたら、女の子は悲しそうに溜息をついた。

「……そっか。おにいちゃんもすてられちゃったんだね」

「お兄ちゃん『も』？」

「ミリィたちも、おとなにすてられたの。それでいくとこなくて、ここにすんでるの」

「そうなのか……」

なるほど、自分たちは捨てられた者同士なのか。雨宿りのお供《とも》としてはお似合いだ。

ライムは微笑みながら、牛舎をぐるりと見回した。だいぶ古い建物らしく、壁や屋根はボロボロ。雨漏りしている部分もある。

「ここ、牧場だよな？　管理してる人はいないのか？」

「いないね。たまに、牛のミルクをどろぼーしていくヤツがいるだけだよ」

と、男の子が答える。

「このぼくじょう、みんなからほーちされてるんだ。そーじするヤツもいないし、牛をせわするヤツもいない。だからおれたちも、ずっとここにいられるんだ」

「そう、か……」

どこまで信じていいかわからないが、とりあえず管理が杜撰《ずさん》なのはわかった。

ここまで放置されているのなら、獣人の子が隠れ住むには都合のいい環境かもしれない。雨風も凌《しの》げるし、暖かい藁もあるし、お腹が空けば牛のミルクもある。たまに搾乳《さくにゅう》にくる人をやり過ごせば、生活するには困らないだろう。

（とはいえ、ずっとこのままというわけにはいかないよな……）

住み着くのはともかく、環境が劣悪すぎる。少なくとも掃除と餌《えさ》やりは必要だ。悪臭も何とかしたい。

雨が止んだら掃除しようかな……と思いつつ、ライムは続けて尋ねた。

「名前を教えてくれないか？　俺はライムだ」

「リューだよ。こっちはミリィだ」

「リューとミリィか、よろしくな。ところできみたちは、どのくらいここにいるんだ？」

「……にかげつくらい。おおきなおうちでくらしてたけど、きゅうにこのしまにつれてこられたの。それで、しらないあいだにおきざりにされてたの」

「そうか……。『おおきなおうち』って貴族の屋敷のことかな」

「さあな。なんかでっけーおきものがいっぱいあって、キンピカなあかりもてんじょーにくっついてたぞ」

それは銅像やシャンデリアのことだろうか。そんなものが屋敷にあったのなら、ほぼ貴族の家で間違いない。少なくとも裕福な上流階級者なのは確かだろう。

（この子たち、その貴族の家族として暮らしていたのかな……）

旅の中で、獣人を連れ歩いている貴族を何度か見たことがある。

見栄えのいい獣人を連れていることは上流階級者のステータスらしく、そのために獣人の子供を領地の一角に住まわせて育てている貴族もいるそうだ。

リューとミリィを世話していた貴族も、そういったステータス欲しさに二人を屋敷に住まわせていたに違いない。

ただ、獣人の子供は人間の子供と違って力が強いので、同じように扱ってしまうと思わぬ怪我をすることがある。更に獣人特有の習慣みたいなものもあって、例えば犬なら毎日の散歩、猫なら爪とぎが欠かせない。

そういった側面があるため、躾《しつけ》のできていない獣人の子供を屋敷に置いておくのは結構なリスクになるのだとか。

彼らを世話していた貴族もそのリスクに対応できず、ハルモニア島に捨ててしまったのだと思われる。勝手な話だ。

(……捨てる側は、いつだって身勝手なものだよな)

たった今自分の身に起きたことだから、とても他人事とは思えなかった。

ライムはともかく、この子たちはまだ自力で生きていくだけの能力がない。誰かが世話をしてやらないと、この牛舎で野垂《のた》れ死んでしまう。

自分自身も前途多難だけど……ここで出会ったのも何かの縁だ。できる限り面倒を見てやろう。捨てられた者同士、仲良くしたいし。

「……しかし、なかなか止まないな」

外では激しい雨風に混じって、雷も鳴り続けていた。急な雷雨だからすぐに止むかと思ったが、未だに止みそうな気配はなかった。もしかしたら、ここで一晩過ごす羽目になるかもしれない。

正直、この悪臭の中で過ごすのはあまり居心地がよくないけれど……。

(まあ、今は贅沢言ってる場合じゃないな)

気を取り直し、ライムは比較的綺麗な藁を集めてそれをベッドの形に積み上げた。

どうせ、しばらくはここにいなければならないのだ。それなら、今のうちに少しでも身体を休めておくに限る。休める時に休むのは、冒険の基本だ。

ついでにリューとミリィの小さなベッドも積み上げ、ライムは言った。

「ほら、できたぞ。こっちのベッドの方が暖かいだろ」

「えっ？　おれたちのもつくってくれたのか？」

「藁を積み上げるだけだからな。大した手間でもないさ」

「……ありがとう、ライム」

「いや、こっちも雨宿りさせてもらっているからな。俺の方こそありがとう」

ライムは積み上げた藁の中に潜り込んだ。

肌触りはイマイチだけど、たくさん重ねると結構暖かい。雨に濡れた身体にはちょうどよかった。

(しかしこの藁の匂い……何となく懐かしい感じがする……)

はて、何故そんな風に思うのだろう。今までの人生で、藁を扱う機会はそう多くなかったはずだ。懐かしいと感じる要素などないはずなのに、どうして……？

「……まあいいや、俺は少し休むよ。誰か来たら呼んでくれ」

そう言い残し、ライムは目を閉じた。雨風や雷の音がだんだん遠くなり、次第に何も聞こえなくなった。

だが懐かしい匂いに包まれて眠ったせいか、とても奇妙な夢を見た。

2

「しまった、搾乳の時間だ！」

目覚まし時計のアラームに気付き、藤澤来夢《ふじさわらいむ》はガバッとベッドから跳ね起きた。現在、朝の四時を少し過ぎたところだ。

（やべっ、また寝坊した……）

急がないと搾乳が始まってしまう。早く牛舎まで行かないと。

来夢は慌てて作業ツナギに着替え、部屋を飛び出して牛舎に走った。

「おはようございます！」

せめて元気よく挨拶しようと思い、大声で牛舎に飛び込んだ。

すると、一足先に来ていたベテラン従業員の大木《おおき》が、やや呆れた顔を向けてきた。

「遅いぞ、来夢。また寝坊か？　それとあまり大声出すな。牛たちが驚くだろうが」

「す、すみません……」

「ったく……牧場の跡取りがそれじゃ、先が思いやられるぜ。もっとしっかり仕事を教え込まないとダメだな」

「はい、よろしくお願いします」

ぺこりと頭を下げ、来夢は大木と搾乳作業に入った。

来夢の実家は、代々牧場を経営している酪農家《らくのう》である。「ふじさわ牧場」という知る人ぞ知る牧場を持っていて、併設の「みるきぃカフェ」で牛乳やチーズ、ソフトクリームなどを提供していた。こちらはかなり評判がよく、メディアから取材依頼が来ることもある。

「これからは、牛の世話をしているだけじゃ生き残れないからな。牧場ならではの事業を考えていかないとダメだ」

来夢の父は、事あるごとにそんなことを言っていた。

一昔前は牛を丁寧に世話していれば食っていけた酪農家も、時代の流れと共に乳製品の消費が減り、質のいい生乳を生み出すだけでは立ち行かなくなってきた(理由は様々だが、「ふじさわ牧場」の場合、少子化の影響で給食用に卸《おろ》していた牛乳の数が激減してしまったのが原因である)。

そのため、祖父の代から「カフェの併設」や「牧場見学ツアー」、「看板商品の開発」などに取り組み、事業の拡大に励《はげ》んでいた。

その分、業務は多岐に渡り、牛の世話から乳製品の加工、新商品の開発、カフェでの接客、卸《おろ》し会社とのやり取り、牧場内の経理……等々、多忙な毎日を送っている。のどかな牧場のイメージとは真逆の生活だった。

来夢はまだ新人扱いだから牛の世話しかしていないけれど、いずれ営業や接客もやることになるはずだ。そう思うとちょっと憂鬱《ゆううつ》である。牛の世話は得意だが、営業や接客は苦手だ。

「ほう、さすがに前搾りはお手の物だな」

と、横で見ていた大木が腕組みをした。

搾乳の時間になると、雌牛たちは進んで搾乳場にやってくる。そうして集まった牛たちに、一頭一頭搾乳機をつけていくのだ。

ただし、搾乳機装着の前にもいろいろと準備がある。

まずは牛たちの前足に軽く触れて「今から搾りますよ」の意思を示す。

次に乳房の下にバケツを置き、清潔なタオルで乳房を消毒した後、手で軽く搾る。これは「前搾り」といって、本格的な搾乳の前に必ずやらなければならない作業だ。

乳房は栄養たっぷりのミルクが含まれているので、わずかな雑菌が入っただけでもすぐに炎症を起こしてしまう。乳房炎に罹《かか》っている牛は生乳の色が薄くなる等の異常が起きるため、前搾りをしてそれを発見しやすくするのだ。

それともうひとつ、搾乳刺激を与えるという側面もある。乳房に直接刺激を加えると牛の幸せホルモン「オキシトシン」が分泌されて、生乳が出やすくなるのだ。

以上の理由より、「前搾り」は非常に重要な作業なのである。

「しっかし、そんだけできるのに寝坊癖は直らねぇのな。夜更《よふ》かししてるんじゃねぇのか？」

「してないですよ……。本当に早起きが苦手なだけです」

苦笑しながら、来夢は答えた。

ふじさわ牧場では一日に二回搾乳を行っている。一回目は午前四～五時、二回目は午後四～五時と、おおよその時間帯も決まっていた。

そのため、朝の搾乳を担当する時はものすごい早起きを求められる。午前三時台に起きるのもザラだった。

(午前三時って、早朝というより深夜に近いよな……)

少し前まで学生だった来夢にとっては、午前三時に起床するなら一晩中寝ずに起きていた方が楽なのではないか……と思えるレベルである。

ベテランの大木などは目覚ましナシでもバチッと起きられるらしいが、来夢は何度アラームをかけても起きられない。そのうち慣れていくのかもしれないけれど、大木のように自然と起きられるようになるまであと何年かかるのか、見当もつかなかった。

夕方の搾乳だったら遅刻もしないし楽なんだけどな……と思いつつ、前搾りを続けていると、

「ンモー」

「うぉっ……」

すぐ隣の雌牛が荒い鼻息をかけてきた。待ちきれないのか、地面に敷いた藁を蹴飛ばして「早くしろ」と訴えてくる。

「ちょ、ちょっと待ってくれ。次はきみの番だから、な?」

「ンモー」

若くて健康な雌牛は、搾乳時には乳房がパンパンに張ってしまうので、時に荒っぽくこちらをせっついてくることがある。

そんな彼女たちを刺激しないよう優しく宥め、手際よく前搾りで生乳の様子をチェックしていった。

そして正常だと判断された雌牛から、搾乳機を取り付けていく。

清潔なタオルでもう一度乳房と乳頭を消毒し、ミルカーの装着部分も綺麗にして、ティートカップを乳頭に装着した。

これさえ済んでしまえばあとは機械が自動的に搾乳してくれるので、搾乳作業の八割は終わったようなものだ。

「よし、全部着けられたな。あとはお姫様たちが快適に過ごせているか、しっかりチェックするんだぞ」

「はい」

搾乳における大事なポイントは主に三つ。「快適な搾乳時間を提供すること」、「清潔な生乳を搾ること」、「牛を病気にしないこと」だ。

牛を病気にしないことは生乳の品質向上のためにも当然だが、「快適な搾乳時間を提供すること」も、非常に大切なことである。

生乳を出すのに必要なオキシトシンは、牛が安らぎを感じている時により多く分泌されるので、「搾乳＝快適な時間」というのを牛に実感してもらわなければならない。恐怖を感じたり怒って興奮したりしていると、そもそも生乳を出してくれないのだ。

なので、牛たちにはなるべく優しく接し、リラックスしてもらえるよう心掛ける必要がある。

「牛たちはみんなお姫様だと思え！」

これがふじさわ牧場の社訓であり、入社一年目からこの感覚を徹底的に叩き込まれる。早く搾乳を済ませたいからといって、声を上げたり叩いたりして牛たちを追い立てるのは絶対ＮＧだ。

また、こうして搾乳を行っている間もトラブルが起きないよう常に目を光らせてないといけない。機械作業だからといって、気は抜けないのだ。

「搾乳の次は、牛舎の清掃と餌やりだぞ。その後は牧草の収穫を行う。きっちりついて来るように」

「はい、よろしくお願いします」

そんな感じで休憩時間まで牛舎の清掃と餌やりを行い、牛一頭ずつの健康チェックも行《おこな》った。

早朝から夕方までみっちり十時間くらい働いたところで、ようやく一日の業務が終わる。

牧場の仕事はとにかくハードだ。

（あー……今日も疲れた……）

家に帰り、自分の部屋に戻ってベッドに転がり込む。

肉体的な疲れが襲ってきて、なんだか眠くなってきた。今から寝たら体内時計が崩れてしまうので、本当はもう少し我慢した方がいいのだが……。

（せめてアラームをセットしてから……）

スマホに手を伸ばし、寝ぼけ眼で画面を操作してパタリと力尽きる。

そうして気持ちよく寝ていたら、不意に上から声が聞こえてきた。

「おい、起きろ。搾乳の時間だぞ」

◆　◆　◆

「しまった、搾乳の時間だ！」

ほとんど反射的に、ライムは飛び起きた。起きた瞬間、牛の臭いと雨の湿っぽさが鼻についた。

周囲はすっかり明るくなっており、雨が上がってからりとした空が広がっている。一瞬、大寝坊したのかと焦ってしまった。

（ああそうだ、ここは無人牧場の牛舎だったんだっけ……）

管理も杜撰で牛も痩せ細り、掃除もロクにされていない残念な牧場。

……いや、残念どころではない。

たった今奇妙な夢を見ていたせいか、何かこう……無性に身体がむずむずしてきた。

こんな劣悪な環境では、牛……もとい、お姫様たちが可哀想だ。一刻も早く何とかしてやらなければ。

「……ライム、どうしたの？」

「……！」

隣の小さなベッドから、もぞもぞとミリィが這い出してきた。頭に細かい藁をくっつけ、目をこすりながらこちらを見てくる。

それで我に返った。

「あ、ああ……すまない、起こしてしまったな」

「……いいの。あ、そとあかるくなったみたいだ」

「そうだな。雨も止んだし、天気もよくなったね」

ライムはベッドから這い出し、改めて牛舎の外に出た。

雨に濡れた牧草が、朝の日差しを受けてキラキラ輝いている。伸び放題で荒れてはいるものの、ちゃんと整地すればかなりの広さになりそうだ。牛たちも放牧できそうである。

(牧場か……)

あの夢がなんだったのか、ハッキリしたことはわからない。

ただ、今の自分が以前の自分とは明らかに違うことはわかった。今まで酪農《らくのう》などやったことがないはずなのに、何故か牛のことを熟知《じゅくち》している自分がいた。

もしかすると、前世の自分は牧場経営者だったのかもしれない。

その時の記憶が、牛の臭いを嗅ぐことで蘇ってきたのか。真相は不明だが、クロトにクビにされたタイミングで前世の記憶を思い出したというのも、何だか不思議な巡り合わせである。

(それに、むしろこれはチャンスかもしれないぞ……?)

昨日までは「これからどうやって生活していけばいいんだ」と悩んでいた。けれど、今なら「ここで酪農ができるんじゃないか」と気持ちが変わりつつある。

もちろん、前世とは文明レベルが違うからその都度工夫が必要だけど——それこそ、搾乳機や牧草用のローラーはこの世界にないが——でも、ノウハウがわかっているのだから何とかなる気がする。上手くいけばここに永住できるかもしれない。

それに……。

（一生懸命働いたのに、いきなり手のひら返されてクビになるのは御免だからな……）

クロトからされた仕打ちを思い出したら、今更ながら怒りが込み上げてきた。

クビを言い渡されてすぐはショックで怒る気にもなれなかったが、一晩経って冷静になったら「何で俺がこんな目に」と腹立たしくなってきたのだ。

元はと言えば、クロトたちが「一緒に来て欲しい」と熱心にスカウトしてきたんじゃないか。だから俺は元いた村の生活を捨てて、彼らに同行したんじゃないか。

それなのに俺のスキルを使うだけ使い倒した挙句、不要になったからと簡単にクビを切る。「元の村に戻れば～」とか言っていたけれど、二年間も村を空けておいて簡単に戻れるはずがないではないか。

他人の人生を狂わせておきながら何のお詫《わ》びもなく追放とか、無責任にもほどがある。本当に腹立たしい。こんな思いは二度としたくない。

ならばいっそ、自分で牧場を立て直して自給自足の生活をしてやろう。

違う方面での不安は出てくるけれど、少なくとも理不尽な理由で使い捨てにされることはなくなる。同僚から侮蔑されるのも、馬鹿にするような目で見られるのも、もうたくさんだ。

これからは自分の力で、やりたいように生活していこうじゃないか。

「……よし」

ライムは牛舎に引き返し、自分が寝ていた藁のベッドを崩した。

そして牛舎のすぐ隣にあった道具倉庫に向かい、鋤《すき》や鍬《くわ》などの使えそうな道具を掻き集めた。見つけた道具も金属部分が錆《さ》びていたり木製の柄《え》が腐りかけていたりしたが、簡単な掃除には使えるはずだ。

「ライム、なにしてんだ？」

敷き詰められていた藁を片っ端から集めていると、リューが興味津々に作業を眺めてきた。

ライムは鍬を動かしながら説明した。

「牛舎の掃除だよ。古くなった藁を外に出して、床を掃除して新しい藁を敷き直すんだ。ずっと汚いままじゃ牛たちも可哀想だからな」

「ふーん？」

「よかったらきみたちも手伝ってくれないか？　みんなでやれば、早く終わると思うんだ」

「おお、いいぞ。おれにまかせとけ！」

リューは張り切って、外に立てかけてあった鋤を両手で掴んだ。が、子供には大きすぎたのか、藁を集めている最中、何度もゴチンと柄で額を打っていた。

(近いうちに、子供用の農具も作ってやろう……)

子供たちには「古い藁を外に出してくれ」と頼み、ライム自身は黙々と床の藁を掻き集めた。

思った通り古い藁はかなり汚れており、長年蓄積された糞尿《ふんにょう》が発酵《はっこう》してとんでもないことになっていた。悪臭のあまり、途中から口元に薄布を巻いてしまったくらいだ。

(糞尿も、やり方によっては肥料に使えるんだけどな。でも今の状況じゃ、ただの汚物にしかならないか)

不健康な牛の糞尿には、肥料にできる栄養が含まれていない。

やはり、牛たちの健康状態を戻してやることが最優先だ。豊富な餌、適度な運動、丁寧な清掃、それとたっぷりの愛情。これがないと、牛は上手く育たない。

(ここの牛は全部で五頭か……。何でか知らんが、全員雌《メス》みたいだな)

雌牛なのはありがたいが、どの牛も例外なく痩せている。身体も汚れており、チェックするまでもなく健康状態が悪いのは明白だった。中には仔牛レベルの小さな牛もいたが、育ち盛りなのに全く世話をされていないので、若干足元がふらついている。可哀想に。早く環境を整えてやらなくちゃ……と考えながら、ライムはせっせと藁を集めては外に出し……を繰り返した。

リューとミリィも手伝ってくれたので、思ったよりも捗《はかど》った。

「二人ともありがとう。助かったよ」

「ふふん。こんなもん、あさめしまえだよ」

「ミリィもがんばった。ほめてほめて」

「ああ、二人ともいっぱい働いて偉いな。じゃあ次は本格的な清掃だ。手伝ってくれるか？」

「もちろん！　まかせとけ！」

「ミリィもおてつだいするー」

藁をほぼ取り除いたので、牛舎の床が剥き出しになっている。

予想通り、牛舎は土の上にそのまま建てられていて、牛がいなければただっ広い倉庫にしか見えなかった。これでは餌やり場、トイレ、搾乳場が全てごっちゃになってしまう。近いうちに柵で区切るか何かして、コーナー分けをしよう。でないと、不衛生すぎる。

「……無人牧場なのはわかったが、だいぶひどいな。これで生活してた牛たちが逆にすごいよ」

「そうなのか？　牛のこやって、こんなもんじゃないのか？」

「とんでもない。本当はもっと綺麗だよ。これからは俺たちで綺麗にしていこうな」

ライムは、道具置き場からブリキのバケツやテッキブラシ、雑巾や箒《ほうき》などの掃除に使える道具を全部持ってきた。

そして、空のバケツを子供たちにそれぞれ持たせた。

「いいか、きみたち。今から井戸の使い方を教える。俺がいなくても自力で水を出せるようになるんだぞ」

まずライムは、二人を連れて近くの海岸までやってきた。

ハルモニア島は海に囲まれているので、牧場から徒歩二分くらいで海に出られる。

目を凝《こ》らせば沖で漁業をしている船を見ることができ、浅瀬にカニや貝などの生き物も発見することができた。いざという時は、ここから食料を捕れそうだ。

ライムは自分のバケツに海水をなみなみ汲《く》み上げ、リューとミリィにも同じようにするよう指導した。

「ライム、うみの水なんかくんでどうするんだ？」

小さいながらも、海水が入ったバケツを一生懸命持ち上げているリュー。さすが獣人は子供であっても力が強い。

「井戸から水を出すのに使うんだよ。本当は川の水がよかったが、牧場の近くにはないみたいだからな。今回は海水で代用だ」

「ふーん？　いどってうみの水がほしいのか。へんなヤツだな」

「……というか、うみの水ってしょっぱいのね」

ミリィがバケツに指を突っ込み、ぺろっと舐めて微妙な顔をする。

海水そのものは美味しくないが、水分を蒸発させれば塩が作れる。食生活には欠かせない調味料なので、早めに作っておこう。

ミリィを促し、ライムは牧場に戻った。

牛舎のすぐ脇には、やや錆びついた井戸がある。ポンプ式の井戸なので、手順さえ間違えなければ子供にも使えるはずだ。

「へぇ～、これがいどか。どこから水がでるんだ？」

リューが興味津々で、ポンプの持ち手を動かそうとしている。

しばらく使われていなかったせいか、持ち手も錆びついてだいぶ固くなっていた。動かせないほどではないが、最初はそれなりに力が必要になりそうだ。

ライムは海水の入ったバケツを持ち上げ、ポンプの上からザババ……と注ぎ込んだ。

「まずはここに汲んできた水を注ぐんだ。これは『呼び水』と言って……そうだな、寝ている井戸を起こすためのものだと思っていい」

「いど、ねてるの？」

「ああ。しばらく使っていないと、井戸も水の出し方を忘れちゃうんだ。だからこうして刺激を与えて、『水を出してください』って合図するんだよ」

「へー、そうなのか」

かなりざっくりした説明だが、子供たちは納得してくれたみたいだった。

「で、次にポンプを動かすんだが……」

ポンプの持ち手をしっかり掴み、上下に動かそうとする。だが、想像以上に固くてスムーズに動かない。内部も錆びついており、しばらくは注いだ海水が漏れてくるだけだった。

（おいおい……井戸だけはしっかり動いてもらわないと困るぞ……？）

意地でも復活させてやる、と力を入れてポンプを動かしていると、リューが横から持ち手を掴んできた。

「しょうがねーな、おれもてつだってやるよ」

「お、ありがとう。助かるよ」

リューと力を合わせ、ギーコ、ギーコとポンプを動かし続ける。

ミリィはいつ水が出てくるのかと、しきりに出口を覗き込んでいた。

そのまま三〇秒くらいポンプを動かしていたら、ようやく吐き出し口から水が出てきた。

「おおっ!? ライム、みろ！　水がでてきたぞ！」

「はあ、よかった……何とか復活したみたいだな。じゃあもう少し頑張ろうか。……おっとミリィ、まだ舐めちゃダメだぞ」

錆の影響か、水にも錆っぽい色がついている。おまけにやや鉄臭い。

それでも根気強く水を出し続けていたら、だんだん色が透明に変わってきた。飲料水に使えるかはわからないが、掃除や洗濯には使えそうだ。

「ふう……」

ライムはポンプから手を離し、額の汗を拭った。ちょっと井戸を動かすだけのつもりが、結構な力仕事になってしまった。

「ポンプの使い方はこんな感じだ。どうだ？　わかったか？」

「おう、もちろんだ。いどはもうかんぺきにつかえるぜ」

「つぎはミリィもやってみる。上にうみの水いれて、そこをギコギコすればいいのね？」

「ミリィにはむずかしいんじゃねーか？　これ、けっこう力いるしなー」

「できるもん！　リューにできるならミリィにもできるもん！」

「はいはい、喧嘩しないようにな」

二人を窘《たしな》め、ライムは綺麗になった水をバケツに注いだ。そして井戸の取り合いをしている子供たちに声をかけた。

「さ、牛たちに餌をやるぞ。ついておいで」

道具置き場にあった空の木箱をミリィに、餌の麻袋をリューに持たせ、みんなで牛舎に入った。

そして木箱を真ん中に置き、そこに餌をたっぷり入れて、隣に水の入ったバケツを添える。

(本当はこれじゃ全然足りないが……最初のうちは我慢してもらうしかないな)

大人の牛は、青草の場合一日で五〇～六〇キロ、乾燥した草の場合は約十五キロ食べる。そして水は六〇～八〇リットルほど飲むのだ。

ここには全部で五頭の牛がいるから、どう考えてもこの量では足りない。いっそのこと牛舎から出して、外に生えている大量の雑草を食べてもらった方がいいかもしれない。

そんな考えを余所に、牛たちは木箱に首を突っ込んで、我先にと餌を平らげてしまった。バケツの水もがぶがぶ飲み、あっという間に空っぽにしてしまう。

追加の餌と水を補充し、牛たちが満足するまで見守り、ようやく食欲が満たされてきたところで一度牛舎を出た。

今度は、自分たちの生活スペースの確保だ。

(確か道具置き場の隣に、それっぽい小屋があったな……)

ライムは子供たちを連れて、「それっぽい小屋」の前まで来た。

だいぶ古い建物らしく、雨風に晒されてボロボロになっている。大きさ的には人が使えそうな建物のようだが、果たして中はどうなっているだろうか……。

「……よっ、と」

ライムは古くなったドアを引っ張り、そっと小屋の様子を窺った。

ところが……。

「うっ……」

ドアを開けた途端、埃っぽさとカビっぽさで思わず口元を押さえてしまった。

（うわぁ……。これは全面的な大掃除が必要だな……）

一応、生活ができるようなテーブルや椅子は置いてある。

だがそれ以前に、空気が悪すぎて肺を悪くしそうだった。床も埃にまみれていて、少し歩いただけで足元が汚れてしまいそうだ。

正直、このままでは住めたものではない。

「うへぇ……ヤバいな、ここ。こんなとこでねるくらいなら、おれ牛といっしょにねるわ……ゴホゴホ」

あまりの埃っぽさに、リューも咳き込んでいた。

ライムは思い切ってドアを全開にし、開けられる窓は全部開け放った。とりあえず空気を入れ替えないことには、満足に呼吸もできない。

「もう何年も使われてない感じだな。これは念入りに掃除しないとダメだ。……リュー、

「ミリィ、手伝ってくれるか？」

汚れてはいるが、必要最低限の家具が揃っているのは不幸中の幸いだ。綺麗に掃除し直せば、自分たち三人が生活できるくらいの小屋にはなるはず。

ひとまず、テーブルや椅子、小さな棚など、運べる家具は全部外に出した。家具そのものもかなり汚れていたので、少し触っただけで手が真っ黒になった。

次に、広くなった小屋の床に汲んできたばかりの水を勢いよくぶち撒《ま》ける。そしてデッキブラシで隅から隅まで擦った。

リューとミリィにもブラシを持たせ、やり方を教えながら一緒に掃除させた。

（ったく、一体何年放置されてたんだか……）

覚悟していたとはいえ、ここまで汚い家を掃除するのは初めてだ。水を撒いた途端、一気に水が真っ黒になったのを見て、ちょっと心が折れそうになった。

「ふー……これはそーじたいへんだな。なんでこんなにきたないんだよ」

「……ミリィ、きたないところにがて」

「そうだな。でも、みんなで頑張って綺麗にするしかないよ。いつまでも牛舎で寝起きするわけにはいかないしな」

二人を宥めつつ、ライムはひたすら床を磨いた。

リューとミリィも新しい水を汲んできてくれたり、汚れたブラシを水場で洗ってくれたりした。優秀なアシスタントがいてくれて、本当に助かる。

水を撒いては擦り、撒いては擦りを一時間ほど繰り返し、なんとか生活できるくらいにはなった。

汚れが溜まってシミになっている部分もあったが、そこはもう仕方がない。

「おお？　だいぶきれいになったんじゃね？」

「そうだな。あとは乾拭きして家具を運び込めば、一応生活はできそうだ」

ライムは井戸でブラシを濯《すす》いでいるミリィを呼び、乾いた雑巾を持たせて、床を雑巾掛けする方法を教えた。

拭き漏らしがないよう、端から四つん這いになって一直線に拭いていくよう指導した。

（子供だけあって、さすがに飲み込みは早いな）

リューもミリィも、教えたことは素直に吸収してくれるし、基本的な身体能力も高い。牛舎の掃除や家具の運び出しなど、普通の子供には重労働に思えることでも、難なく手伝ってくれる。

ある意味、彼らが獣人でよかったかもしれない。

（あとは、折を見て読み書きや計算を教えられたら……）

貴族の屋敷にいたというリューとミリィだが、教育らしい教育は受けていないと思われる。五、六歳で捨てられたのなら、教養などは期待できない。

これから一生酪農家として生きていくならそこまで高度な教養は必要ないが、人生何が起こるかわからない。突然クビを切られてパーティーを追放されることもあるのだ。昨日のライムみたいに。

なので、子供たちには教えられることは全部教えてやるつもりでいる。何が起きても柔軟に生きていけるように、一から教育してやる予定だ。

幸い、リューもミリィも地頭は悪くなさそうだし、飲み込みも早い。ちゃんと教育してやれば立派な獣人に成長するだろう。

彼らが大人になるまで、自分がしっかり面倒見てやらなくては。

そんなことを考えつつ、ライムは外に出したテーブルや椅子を丁寧に磨いた。

綺麗な水を全体にかけ、ブラシで丹念に擦り、雑巾で水拭きして、最後に乾いた雑巾で水分を拭き取る。

棚にあった皿や鍋も全部綺麗に水洗いし、清潔な布で拭き直した。本当は全部買い直したいくらいだったが、今は生活資金がないのでこれで我慢しよう。

「ライム、ゆかふきおわったー！」

「どっちがきれいになるかきょーそーしたんだぜ！　みてくれー！」

リューとミリィが呼びに来たので、ライムは床の確認に行った。

磨いた床が端から端まで乾拭きされており、埃一つ落ちていない。最初と比べると見違えるくらいだった。

「おお、すごいぞ。かなり綺麗になったじゃないか。二人とも、よく頑張ったな」

手放しに褒めてやったら、リューとミリィは嬉しそうに胸を張った。

次いで、同じように綺麗にした家具を室内に運び込む。テーブル、椅子、棚を設置したら、それなりの生活スペースに見えてきた。

手狭な小屋だが、これで最低限の暮らしは送れるだろう。

「よし、こんなもんか。なかなかイイ感じになったじゃないか」

「わーい！　ミリィたちのおうちー！」

「やったぜ！　これでゆっくりねれるな」

文字通り、バンザイして喜ぶ子供たち。彼らも、ずっとあの牛舎で寝起きするのは不安だったようだ。まあ、いつ吹き飛ぶかわからないようなボロ牛舎だし、気持ちはわかる。

「……あ」

その時、誰のものとも言えない腹の虫が「ぐぅぅ……」と鳴った。

そういえば、朝起きてから――いや、昨日牛舎に駆け込んでから何も食べていなかった。きっとリューとミリィも腹ペコだろう。

「そろそろご飯にしようか。まずは食べ物を探さないとな」

「メシはいいけど、たべものなんてどこから手にいれるんだ？　どろぼーするのか？」

「まさか……。とりあえず、何か食べられるものはないか探してみよう。牧場だし、キノコや野草くらい生えてるだろ」

まずライムは、道具置き場の中を調べてみた。牛の餌があったのだから、他の食料も保管されているかもしれないと思ったのだ。

「うーん、これは……」

子供たちと一通り中を捜索してみたけれど、人が食べられるようなものはない。植物の種や苗もなかった。せめてかぼちゃの種でもあれば、炒めて食べることもできたのだが。

「ねえライム、これなに?」

「ん?」

ミリィが倉庫の奥から、黒い種のようなものを持ってくる。ブリキ缶に入っているそれは、どうやらコショウのようだった。

(もしかすると……)

周辺を探してみたら、他にもスパイスと思しき実や乾燥ハーブが複数見つかった。食材ではなかったが、調味料が残っているのはラッキーだ。

「よかった。これで海水で塩を作れば、調味料には困らないな」

「ちょーみりょー?」

「料理の味付けに使うものだよ。食材の保存に使うこともあるぞ」

「ふーん……？」

「料理についても、またいろいろ教えてやるよ。それより今は食料探しだ。他に何か食べられそうなものはあったか？」

道具をひっくり返して探しているリューに聞いてみたが、目ぼしいものは見当たらなかったようだ。

（倉庫には何もなし、か）

となると、敷地内にキノコや野草が生えていることを願うしかない。

まあ雑草はたくましく育っているから、毒性のない植物のひとつやふたつ、生えているだろう……多分。

「よし、これから野草を探しに行こう。食べられるものと食べられないものを、しっかり見極められるようになるんだぞ」

そう言ったら、二人はライムの後ろから元気よくついてきてくれた。

牛舎の外は、背の高い雑草が生い茂っている。

本来なら牧草地として牛が放し飼いにされる場所だが、今はライムの腰辺りまで雑草が伸びてしまっていた。

「うえぇん……ライム、どこー？　ミリィ、まえがみえない……」

ハッとして振り返ったら、案の定子供たちは雑草の間に埋もれてしまっていた。ギリギリ獣の耳だけは飛び出しているけれど、雑草の海から耳だけ出ているというシュールな光景になってしまっている。

「ごめんごめん、これじゃ歩きにくいよな」

ライムはひょいとミリィを抱き上げ、両肩に担いで肩車をした。

ミリィは少しびっくりしたみたいだがすぐに高い場所に興奮し、手を上げて喜んだ。

「わーい！　たかいたかいー！　ミリィ、これすきー！」

「それはよかった。危ないから、あまり暴れないようにな」

「ミリィ、こんなだっこされたのはじめて。だっこってうれしいのね！」

これは抱っこではなく肩車だが……ミリィの反応を見て、ライムはあることを悟った。

（そうか……この子たちは、大人に抱っこされたことがないのか……）

それどころか、母親の顔すら知らないかもしれない。これは教養や躾《しつけ》以前の問題だ。この子たちには、圧倒的に愛情が足りていないのだ。

ならばせめて、自分ができる限りの愛情を注いでやらなくては……。

次いでライムは、雑草から飛び出している犬の耳に手を差し伸べた。

「ほら、リューも抱っこしてやるぞ」

肩車中でも、子供を背負うくらいならできると思う。

そう思ったら、リューは「ふん」と鼻を鳴らした。

「おれはそんなガキっぽいことしないんだよ。だっこはミリィだけしてればいいさ」

「そ、そうか？　でも前が見えないのは困るだろ？」

「みえなくてもだいじょうぶだよ。おれ、はながいいから、ライムのばしょくらいすぐにわかる」

「そうか。リューはたくましいな」

「あたりまえだろ。じゅーじんをなめるなよ」

ふふん、と大袈裟《おおげさ》に胸を張るリュー。

無駄に背伸びをしてみせるのは男児の特徴かもしれない。でも、そんなところで強がらなくてもいいのにな……とちょっと思った。

気を取り直し、雑草を掻き分けて食べられる野草を探す。パッと見ただけでもミツバやヨモギ、タンポポ等を発見できた。時間をかければ、もっとたくさんの種類が見つかるかもしれない。

「なあライム、このキノコくえるのか？」

「ん？」

リューが、とあるキノコを示してくる。赤色に白い水玉模様のキノコだった。

（あー……そう言えば、森を通過する時にこんな感じのキノコのモンスターによく遭遇したなぁ……）

やや懐かしく思いつつ、ライムは首を横に振った。

「いや、そのキノコは怪しいから触らないでおこう。手がかぶれてしまうかもしれない」

「カブレ？　ってなんだ？」

「赤くなったり、腫《は》れ上がったり、痒《かゆ》くなったりすることかな。こういう派手なキノコには毒があることが多いんだ。間違っても食べちゃダメだぞ」

「へー……そうなのか」

「探すのは、もっと茶色くて地味なキノコにしよう。見つけたら教えてくれ」

「わかった。ちゃいろのキノコだな？」

そう言ったら、リューは背を低くして足下を探し始めた。そのせいで雑草に完全に埋もれてしまった。見落とさないよう気をつけないと。

「あっ、ライム。なにかのみがなってる」

肩車をしていたミリィが、遠目に見えた木を指差した。

緑葉が繁っている枝の先に、さくらんぼのような実が生えている。ちょうど食べ頃なのか、陽光を浴びてツヤツヤ輝いていた。

「あれ、もしかして『マイカの実』か？　まさかこんなところに生えているなんて……」

「マイカのみ？」

「すごく栄養のある甘酸っぱい木の実だよ。そのまま食べても美味しいし、煮詰めてジャムにしたりケーキにすることもできるんだ」

「じゃむ？　けーき？」

「要するにお菓子だな。珍しい実だから、小屋の近くに植え替えて育ててみるか」

マイカの木だけではなく、今後牧草地を整えた暁《あかつき》には、家庭菜園ができる畑を作るつもりでいる。

お金を出せば何でも簡単に手に入れられるわけではないから、特に食料は自力で賄えるようにしなければならないのだ。

ましてやここは本土から離れた田舎の島なので、物流も乏《とぼ》しい。外からの輸入に頼っていてはそもそも生活が成り立たない。

(畑があれば野菜が作れるし、牛の健康さえ取り戻せばミルクも保障されるしな。足りないものは近所の人と物々交換すればいいし、何だかんだで食べ物は何とかなる気がする)

そんなことを考えていたら、ミリィがぴょんと肩から飛び降りた。そして意気揚々と宣言した。

「ミリィ、あのみとってくる。ライムは下でみてて」

「え、大丈夫か？　危ないことしなくても、後で台を持ってくるぞ？」

「へーきへーき。ミリィ、木のぼりはとくいなの。いっぱいとってくるから、まってて」

そう言うやいなや、ミリィは幹に張り付き、そのまますするすると上っていった。さすがは猫の獣人というか、「木登りが得意」と言ったことは嘘ではないようだ。

……が、細くなっている枝先まで行ってしまったので、さすがにちょっとヒヤヒヤした。

「おーい、そんなところまで行って大丈夫か？　無理しなくていいんだぞ？」

「へーきへーき！　ミリィ、たかいところすきだもん」

そう言って、ミリィは手を伸ばしてマイカの実をひとつ捥《も》ぎ取った。

「これね？　いただきまーす」

つまみ食いよろしく、実を口の中に放り込む。

次の瞬間、ミリィの顔が輝いた。

「おいしいー！　これ、すごいおいしいのねー！　こんなのはじめてたべたー！」

「そうか、よかったな。くれぐれも落ちないようにしてくれよ」

「だいじょうぶー！　そっちにもおとしてあげるね！」

赤く熟れた実を捥いでは落とし、捥いでは落としてくれるミリィ。

実を拾い集めるのはリューに任せ、ライムはミリィを見張っておくことにした。本人は大丈夫だと言っているが、いつ足を滑らせるとも限らない。子供は目を離せない。

「おいライム、こんなにあつまったぞ。もういいんじゃねーか？」

と、リューが服の裾いっぱいの実を見せつけてくる。

数を確認し、ライムはミリィに向かって呼びかけた。

「ミリィ、ありがとう。もう十分だよ。下りてきてくれ」

「はー……い……」

ミリィが下を向いた。が、次の瞬間困ったように固まってしまった。

上る時はそのまま上ればよかったが、下りる時はどうすればいいかわからないらしい。

「あの……」

ミリィは泣きそうな顔でこちらを見下ろすと、枝にしがみつきながら訴えてきた。

「……ライム、たすけて」

「はは……わかったよ。ちょっと待ってな」

ライムは集めた野草をリューに預け、枝の真下で大きく両腕を広げた。

「ほら、下りてきていいぞ」

「……いいの？」

「ああ。ちゃんと受け止めてやるから」

枝の高さはせいぜい三メートルほどだし、相手は軽い子供だから、変な落ち方をしなければ怪我することはないだろう。……多分。

「……えいっ！」

唐突にミリィが枝から飛び降りてきた。掛け声も何もなかったので一瞬虚《きょ》を突かれた。

「おっ……と」

何とか受け止めたものの、思った以上に衝撃があった。軽い子でも、上から落ちてくると結構な重みになるようだ。

「はー、たすかった。ありがとうライム！　木のぼりはライムがいればあんしんね」

ケロリとした顔で再び肩に登ってくるミリィ。

何というか……こういう、ちゃっかりしたところが如何《いか》にも猫っぽい。

「はー、じぶんで下りられないとか、くっそダセェわー。そんくらい、ライムのちからかりずにやれよなー」

リューがあからさまに馬鹿にして鼻を鳴らす。

するとミリィも負けじと言い返した。

「いいの！　ミリィ、ちゃんとおいしいきのみとってきたもん。リューはきのぼりすらできないでしょ。ミリィのおかげできのみたべられるんだから、リューはミリィにかんしゃすべきよ！」

「なんだとー？　ミリィはきのみつまみぐいして、おとしただけだろ。それをひろったのはおれなんだからな。ミリィこそ、おれにかんしゃしやがれ！」

「はいはい、二人ともすごく役に立ってるよ。ありがとう」

喧嘩している二人を窘め、ライムは小屋の前に戻った。

「……よし。これだけ集まれば、今日のご飯には足りるかな」

野草、キノコ、木の実……等、意外とたくさんの食材が手に入った。必要なら海で貝やカニを探してくればいいし、資金がなくてもしばらくは何とかなりそうだ。

「おおー！　こんなにいっぱいメシがある！　牛のミルクじゃないメシはひさしぶりだな」

リューが大喜びで手を叩いた。ミリィも嬉しそうに集めたマイカの実を再びつまみ食いしている。

この子たちには絶対もっと美味しいものを食べさせてやろう……と思いつつ、ライムは手頃な石を集め始めた。

「これから料理のための釜戸《かまど》を作るぞ。これくらいの石を探してくれ」

自分が拾った大きめの石を見本にする。

リューとミリィは競うように牛舎周辺を捜索し、抱えきれないほどの石を集めてきてくれた。

集まった石をバランスよく積み上げ、少し背の高い囲みを作る。野宿の時の火起こしによく作っていたものだ。

その中心に枯れ葉や小枝、藁を集め、火花が出そうな石をカチカチ打ちつけて火をつけた。

（俺も魔法が使えたら、火をつけるのも楽なんだけどな……）

もっともクロトたちと旅をしていた時は、肝心の魔法使いエミリーは火をつけてくれなかった。助力を乞《こ》うても、「私の魔法はあんたの火起こしの道具じゃないわ」などと冷たく言われて却下されたものだ。

なので、今では自力で火を点けることにすっかり慣れてしまった。火打ち石もお手の物だ。

「わあ、ついたついた！　これが火なのね？」

ミリィが手を出そうとしたので、ライムは急いで止めた。

「火には触っちゃダメだ。火傷《やけど》の危険があるからな。風向きによって火が飛ぶこともあるから、いざという時のために近くに水を置いておくのもポイントだぞ」

「う、うん……」

「今日は見ているだけにしてくれ。今度じっくり火の扱い方を教えてやるから」

そう言ってライムは、小屋から持ってきた鍋に野草やキノコをぶち込み、適当に炒めた。火が通ってきたところで水を加え、道具置き場にあったスパイスやコショウで味付けする。

そのまましばらく煮込み、十分に加熱できたのを見計らって火から下ろした。そしてそれぞれの皿によそった。野草だけで作ったスープの完成だ。

「わーい！　メシだ～！」

「おいしそう～！」

「よし、じゃあみんなでいただこうか」

デザートのマイカの実を添え、三人で食卓を囲む。野草とキノコだけじゃ味気ないかと思ったが、とってきたものを全部スープにしたので、意外と具だくさんで食べ応えがあった。子供たちにとっても、久々のごちそうだったようだ。

「おいしいー！　いつものミルクより一〇〇ばいおいしいー！」

「だな！　牛にけられないし、やっぱメシはあったかいのがうまいよな！」

ミリィが大喜びで猫の尻尾をピンと立てる。リューも犬の尻尾をパタパタ振り、全身で喜びを表現していた。

労働の後だから、余計に美味しく感じたのだろう。スパイスの塩気が身体に沁みる。

あっという間にスープを平らげ、空っぽの食器と鍋だけが残った。

「食器の片付けは自分でやるんだぞ。井戸で水洗いして、綺麗な布で拭いて、元の位置に片づけような」

やりながら手順を説明してやったら、子供たちは張り切って井戸で水を汲み始めた。

洗い方はやや雑で、布で拭くのも時間がかかったものの、なるべく口を出さないよう心掛けた。

「よしよし、それができたら午後は牛舎の掃除と餌やりと草むしりだ。大変だろうけど頑張ろうな」

牛は毎日大量の餌と水を口にするので、その交換は頻繁《ひんぱん》に行わなければならない。排泄《はいせつ》物《ぶつ》も多いので、こまめな掃除も必要だ。

あとは、牛自身の清掃も必要不可欠である。

ライムは子供たちに草むしりのやり方を教え、その間に牛たちを洗うことにした。全員を牛舎の外に出し、井戸の近くに誘導して濡れた布で身体全体を擦《こす》り洗いする。

(はぁ……わかっちゃいたけど、かなり痩せてるな……。ふじさわ牧場のお姫様たちとはまるで違う……)

前世の牧場の牛たちは、みんな健康でまるまるしていた。見るからにむっちりしており、触ってみると弾力のある肉が手を跳ね返してきたものだ。

ところがここの牛たちは、こうして洗ってやってもむっちりした感触が伝わってこない。肉に張りがないし、痩せ細っているのは明らかだった。なんだかますます気の毒になってきた。

これからは、牛たちの健康状態にも気を配らないと……と考えていると、

「ンモー!」

突然、順番待ちをしていた仔牛が一頭、牧草地に向かって走り始めた。そちらには背の高い雑草がたくさん生えており、今は子供たちが草むしりをしている。あのまま突っ込んで行かれたらマズい。

「リュー、ミリィ、雑草から出ろ！」

大慌てで声掛けしたら、子供たちが何事かと雑草の間からひょっこり顔を出した。

ライムは彼らの場所を把握すると、すぐさま駆け寄って首根っこを掴み、牛舎近くの藁の上に放り投げた。

「おわあっ！」

「きゃー！」

ボスン、と藁の上に二人が投げ落とされる。とりあえず、これで子供たちの安全は確保できた。

あとは暴れている仔牛をどうにかしなければならないのだが……。

「ンモー！」

仔牛がこちらに近付いてくる。

だがあまり勢いはなく、ドスドスドス……とのっそり走ってくる感じだ。痩せていて小さいので、さほど迫力もない。

（イチかバチか……！）

ライムは腹の下に力を込め、少し腰位置を落とした。そして正面からタックルしてくる仔牛を、ガシッと受け止めた。

「ぐっ……」

ズザザ……と、そのまま数メートル後退させられる。

が、ぶつかられた瞬間に牛の頭を抱え込んだので、何とか吹っ飛ばされずに済んだ。これがもっと体重の重いおとなの牛だったら、勢いに耐えられず遠くまで吹っ飛ばされていただろう。ある意味、痩せた仔牛でよかった。

「大丈夫だ、怖くない。いい子だから落ち着け」

「ンモー」

「ここには敵はいない。きみを傷つける人はいないよ」

「ンモ……」

なるべく落ち着いた声で、辛抱強く話しかける。

しばらくそれを繰り返していたら、ようやく仔牛の力が抜けてきた。興奮から覚めたのか、小さく啼いてぽてぽてとライムから離れていく。ついでに近くの青草を食み始めた。

「……はあ」

額に滲んだ汗を拭い、深い息を吐く。牛は頭を固定してやると落ち着くことが多いので、イチかバチかで試してみたら上手くいったみたいだ。

(それにしても、牛のタックルを正面から受け止める日が来るとはな……)

生き物の相手はものすごく体力を使う。ましてや身体の大きい牛ともなれば、それなりの危険も伴うものだ。

子供たちを危ない目に遭わせるところだったし、今後はもっと注意して世話をしないと……。


「ライムー！」

藁の上にいたリューとミリィが駆け寄ってきた。

心配してくれるのかと思いきや、彼らは興奮したようにこんなことを言い出した。

「ライム、すごかったな！　あんなデカい牛としょうぶしてかっちゃうなんてさ！」

「ミリィは、ポーンってとばされるのがたのしかった！　もういっかいやってー」

「ええ……？　いや、あれは遊びじゃないんだが……」

「なあ、おれも牛としょうぶしたい！　かてるまでがんばるぜ！」

「ライム、はやくミリィのことなげて。ポーンってとびたいの」

「あー……それはまた今度にしような。このまま草むしりするのは危ないから、きみたちは牛舎の掃除をしてくれ」

草を食みたい牛はそのままにさせて、ライムは他の牛の清掃を再開した。

おとなしく洗わせてくれる牛もいれば、途中で飽きて草を食みにいく牛、前足で藁を蹴飛ばして終始落ち着かない牛もいて、思った以上に時間がかかった。

一言で「牛」といっても、五頭全部性格が違う。やはり生き物は奥が深い。だからこそ苦労もするし、楽しくもある。

「さてと……今日はここまでかな」

陽が傾きかけたところで、ライムは牧場の仕事を切り上げた。

夕食のための食材を再び集め、簡単に調理して三人で平らげ、小屋の中に戻る。あとは寝るための準備をしなければならない。

「よし、じゃあ藁のベッドの作り方を教えるぞ。自分の分は自分で作れるようになろうな」

子供たちと新しい藁を小屋に運んできて、空いているスペースに藁を積み上げていく。

リューとミリィも見様見真似で作っていたが、藁を直方体に仕上げるのがなかなか難しそうだった。

ベッドの形が定まったら、麻袋に別の藁を詰めて簡易的な枕を作る。

よりベッドらしくするなら、積み上げた藁を布で覆うべきなのだが、今回はあえて剥《む》き出しのままで完成ということにした。これなら、藁に潜り込めば掛け布団がいらなくなる。

「できたー！　ミリィのベッド！」

「ふふん、おれのほうがうまいもんね。ほらみろライム、すごいだろ！」

堂々と見せつけてくる二人。少々不格好だが、簡易ベッドとしては上出来だ。

「よしよし、よくできたな。二人とも、今日はいっぱい働いてくれて助かったぞ」

「ふふん、このくらいあさメシまえだぜ！　てつだうことがあったらなんでもいってくれよな」

「ミリィも、ぼくじょうのおしごとたのしい。はじめてのことがいっぱいで、すごくわくわくするの」

「ていうか、ライムっていがいとつよいんだな。ただのニンゲンなのに、みなおしたぜ」

リューが目を輝かせてこちらを見上げてくる。牛のタックルを正面から受け止めたのが、余程印象的だったようだ。

「ははは……ありがとう。じゃあそろそろ寝るか。明日も仕事はいっぱいあるしな」

それぞれのベッドに潜り込み、ライムたちは眠りについた。

何もかもが不足している——お金もない、道具も少ない、ベッドも藁製という生活だが、不思議と不安にはならなかった。

3

そんな生活が二週間ほど続いた。

「よし、なかなかいい感じになってきたな」

ライムは額の汗を拭った。

毎日陽が上るのと同時に起床し、朝食をとってから牛舎の掃除、餌やりをこなす。その後はずっと牛舎周りの整備をしつつ、可能ならば搾乳といったところだ。

大人一人と獣人の子供二人しかいないので人手は足りていないけれど、相性が悪い同僚と接するストレスがないので、その分気が楽である。

そして何より、子供たちが予想以上に働き者で助かっていた。

教えたことはすぐにマスターするし、褒めてあげるとやる気を出して自発的にお手伝いしてくれる。火や刃物を扱うなどのちょっと危ない作業はライムがついていないとダメだが、それ以外の掃除や餌やりは完全に任せてしまっていいレベルだ。

おかげで、荒れ放題だった牧場もだいぶ綺麗になってきている。

五頭の牛たちにも十分な餌を与え、日中は放牧し、定期的に身体を洗う等して丁寧に世話をしたら、見違えるくらい状態がよくなってきた。今では一日一回、ちょっとした手搾りができるくらいまで回復している。この調子で世話を続ければ、搾乳の回数も増えていくに違いない。

（あとはミルクを売って、少しでも稼げるようになれば……）

仕事をしていると、道具の使いづらさはどうしても気になってくる。もともと古くなっていたので、柄が折れそうな物や金属部分が錆びている物が多いのだ。

資金さえあれば新しく買い換えることもできるが、それができるのはミルクを売って少し生活に余裕ができてからである。

お金持ちの誰かが出資してくれれば手っ取り早いけど……まあ、そんな都合のいいことが起こるはずもない。今は地道に仕事をこなしていくしかないだろう。

「おいライム！　なんかへんなヤツが入ってきたぞ！」

「えっ？」

ダッシュで走り寄ってきたリューが、古びた牧場の出入口を指し示す。

門をくぐっているのは、貴族らしい風貌《ふうぼう》の青年だった。

ふわっとしたブロンドの髪に、すらりとした衣装とスタイル。青い上着は見るからに上質なもので、汚れひとつなくツヤツヤしていた。

右手には何故か杖を持っており、上機嫌にとんとん地面を突いている。足が悪いようには見えないので、多分おしゃれアイテムの一種だろう。

（……誰だ？）

田舎すぎるハルモニア島に、あんな上品な貴族様がいただろうか。こんなボロ牧場に来るには、やや場違いに見えるのだが……。

「やあ、こんにちは。きみがここを整備した人？」

その彼は、こちらを発見するなりにこやかに近付いてきた。

悪い人ではなさそうだったので、ライムは当たり前に頷いた。

「はい、そうですが」

「わあ、すごい！　あの牧場がここまで綺麗になるなんて。これ、いつから始めたの？」

「二週間前ですが……」

「ええ？　ますますすごいじゃない。たった二週間でここまで綺麗にできるとか、本当にすごいよ。きみ、天才？」

手放しに誉めてくる貴族様。

確かに、我ながらなかなか頑張ったのではないかと思っている。

二週間前はライムの腰くらいまで伸びていた雑草も、今では気にならないくらいまで刈り取られていた。牛たちを放牧させながら草むしりすることで、整地の効率が格段に上がったのだ。雑草や青草を餌として食べてくれるので、餌やりの手間も省けて一石二鳥なのである。

さすがに機械での整地には敵わないけれど、それでも子供たちが雑草に埋もれなくなったのはものすごい進歩だ。

「おい、ライムひとりでやったんじゃないぞ！　おれたちもがんばったんだ！　ムシするなよな！」

足下から勇ましい意見が飛んでくる。

リューが、突然現れた知らない青年に向かって噛みついていた。人見知りのミリィなどは、ライムの後ろに隠れてチラチラ様子を窺っている。

「ああ、そっか。きみたちもお手伝いしてくれたんだね。ありがとう。助かったよ」

にこりと子供たちをいなし、彼は続けた。

「あ、申し遅れたね。僕はサティーヤ・ラングリッジ。一応、この島の領主だよ。よろしく」

「えっ!?　領主様？　それは失礼しました……！」

慌てて頭を下げ、同時にリューの頭も押さえて一緒にぺこりと挨拶する。

肝心のリューは「領主」の意味がわかっておらず、無理矢理頭を下げられてやや不満げな様子だった。

「ああ、そんなに畏《かしこ》まらなくていいから。もっと気楽に、お友達に接するみたいにしてくれていいよ。歳もそんなに変わらないでしょ？」

と、朗らかに手を振ってくるサティーヤ。

「それで、きみは？　名前教えてくれる？」

「あ……俺はライムと申します。こっちはリューとミリィです」

「なるほど。ライムに、リューくんに、ミリィちゃんね」

「おい、かってに『くん』づけでよぶな！　そういうの、なれなれしいっていうんだぞ！」

またもやリューが噛みついたので、軽く引っぱたいて止めた。子供とはいえ、いきなり領主様に喧嘩を売るのはマズい。心証に関わる。

「リューとミリィは牛の世話をしてきてくれ。俺の代わりに餌をあげたり、水を用意したりするんだ。できるよな？」

そういって体よく子供たちを外させ、改めてライムはサティーヤと対面した。

「失礼しました。後でよく言って聞かせますので」

「大丈夫だよ。子供なんてだいたいみんなあんなものでしょ」

軽く流し、サティーヤは改めて尋ねてきた。

「ところできみたち、いつからここにいるの？　島民の登録はまだだよね？」

「登録……？」

「うちに住んでいる島民には、全員名前や住所を登録してもらっているんだ。自分の領地にどんな人が住んでいるか、把握するのも領主の務めだからさ」

「ああ、なるほど……」

「だからきみにも、是非登録して欲しいわけ。……読み書きはできる？」

「ええ、一応」

「お、それは助かるな。じゃあこの書類にいろいろ書いておいてくれる？」

サティーヤが、持っていた杖の先をスポン、と抜き取る。そして中から筒状の紙を取り出し、ペンと一緒に渡してきた。彼の杖はおしゃれアイテムではなく、便利な仕込み杖だったようだ。

「名前とか生年月日とか、出身地とか経歴とか……他にもいろいろ書く欄があるから、わかる範囲で埋めておいて。で、書けたら僕のところに持ってきてね。島民手形を発行してあげるから」

「わかりました。……これ一枚でいいんですか？」

「うん。それだけ書いてくれればＯＫ」

「いえ、そうではなく……リューとミリィの分は書かなくていいんでしょうか？」

ライムがここで島民として生きていくならば、当然子供たちも同じように生活することになる。

であれば、彼らの登録も必要になるのだが……。

するとサティーヤは小さく頷いて、答えた。

「ああ、それは大丈夫。獣人の場合はまたちょっと扱いが違うから。とりあえず今は、ライムだけ登録手続きしてくれればいいよ」

「そうですか。わかりました」

ライムは書類を四つ折りにして懐《ふところ》にしまった。

(せっかく文字を書くんだから、ついでに読み書きも教えてやろうかな)

自分の名前くらいは書けた方がいいし……と思っていると、サティーヤがこんなことを聞いてきた。

「ところで、ライムはずっと牧場に住む予定？　二、三年でどこかに引っ越ししちゃうとか、そんな予定はない？」

「今のところは特に……。領主様が認めてくだされば、ここに永住するつもりです」

「わあ、よかった！　それならずっと牧場の管理を任せちゃっていいね」

「任せてくださるんですか？」

「もちろんだよ。『若い男と獣人の子供が住み着いてる』って聞いた時は驚いたけど、これだけ綺麗にしてくれたら大歓迎。全面的に丸投げしちゃおうかと思ってるくらいさ」

と、笑顔で続ける。

「この牧場も、少し前まではちゃんと管理人がいたんだ。でもその人、後継者を作らずに寿命で亡くなっちゃって。どうしようかと悩んでいるうちにどんどん荒れていって、手が付けられなくなっちゃったんだよね。他の島民も自分たちの仕事に手一杯で、牛の世話を買って出る人が誰もいなくてさ。それで無人のまま、今まで放置しちゃってたんだ」

「はあ、そうだったんですか……」

「だから、きみがやってくれるなら大助かりなの。管理も上手だし、土地を悪用することもなさそうだし。だからこれからも、きみの思うように管理して欲しい。必要なものがあれば可能な限り援助するから、いつでも言ってね」

「あ、ありがとうございます……！」

都合がいい方向に話が進み、ライムは安堵と同時に少しだけ拍子抜けした。他人様の土地を勝手に弄ったのだから、もっと咎められてもおかしくないと思っていたのだ。

（この人、結構太っ腹なのかな。何にせよ、ドケチな貴族じゃなくてよかった……）

貴族と一言で言っても、その性格は本当に様々である。サティーヤのようにおおらかな人もいれば、リューとミリィを捨てた貴族のように無責任な人もいるのだ。

そういう意味では、ハルモニア島の領主がサティーヤだったのは、ライムにとってかなりの幸運である。少なくとも彼なら、唐突に島を追い出すようなことはしないだろう。

「あ、それと……これも今のうちに渡しておくね」

サティーヤが別の紙を差し出してくる。

最初に目に入ったのは、牧場全体の見取り図だった。図の周辺に細々した数字と計算式が書き加えられており、二枚目以降にはもっと小難しいことがズラーッと書かれている。見ているだけで頭が痛くなりそうだ。

「ええと、これは……」

「税金に関する書類だよ」

「ぜ、税金!?」

「そう。島民になって二年目以降は税金が発生するからね、今のうちにお知らせしておこうと思って」

「そ……そうですか……」

それを聞いた途端、一気に胃の辺りが重くなってきた。

もちろんライムも、こういった大人の事情はある程度理解している。

どこで生活するにせよ、そこに住むからにはその土地の領主に一定額の税金を支払うのは当然だ。以前住んでいた村でも定期的に税金の徴収《ちょうしゅう》があったし、採れた作物を領主に献上することもある。

その代わり領主は、領民が困っている時に手助けをして——「大雨で橋が壊れたから直してください」とか、「今年は不作なので食べ物を援助してください」などの願いを聞いてあげて、持ちつ持たれつの関係を築く。これが領主と領民の関係性だ。

なのでライムも、いずれ税金やミルクを納めなきゃいけない時期が来るだろうと覚悟はしていた。が、こんなに早く催促されるのはさすがに予想外だった。

(今は税金のことなんて考えている余裕はないんだけどな……)

来年からでいいという話なので、今年は一応セーフだ。

でも、その猶予《ゆうよ》期間にしっかりと利益を出さないとマズいことになる。税金の滞納は島から追い出されることに繋がるし、ようやく確保した居場所を手放すのも嫌だった。

とはいえこの牧場は、他の農家より土地がかなり広い。税金の額もとんでもないことになっていそうで恐ろしい。

払いきれなかったらどうしよう……と溜息をつき、チラッと税額が書かれているページに目を通した。

「……ん?」

見間違いかと思い、もう一度よく確認してみる。が、何度見ても金額は同じだった。

(あ、あれ？　予想以上に少ないな……?)

一年分の税金なのに、一般的な村人が一ヶ月で稼ぐ給与分しか書かれていない。

しかもあくまで「基本額」であって、その年が不作だったらある程度割り引いてくれるみたいだった(その代わり、豊作だったらちょっとだけ上乗せされるようだが)。

「あいえ、何というか、その……」

「ん？　どこか計算ミスしてた？　渡す前に何度も計算したんだけどな」

「ええと……この金額、本当に合ってますか？」

俺が村にいた時は、この三倍くらいは当たり前にとられたんですけど……と、心の中で呟く。

するとサティーヤがポン、と手を打った。

「あ、もしかして課税額が少なくてびっくりしてる？」

「え、ええ、まあ……」

「ああ、やっぱり。余所《よそ》から移住を決めた人は、大抵そこに驚くんだよ。でも別に計算が間違っているわけじゃなくて、単純に土地の値段が低いだけなんだ。本土だったらもっと地価が高いけど、うちはこの通り超ド田舎だからさ。それで広さの割にかかる税金が少ないんだよね。もしかしたらうち、イーデン王国内で一番税金の安い領地かも」

などと、あっけらかんと語る。

「というわけだから、ライムも来年から納税よろしくね。……ああ、大丈夫。牧場経営が軌道に乗っていなかったとしても、強制的に取り立てるようなことはしないからさ」

「は、はい……ありがとうございます」

「それじゃ、まずは登録用紙ね。書いたらうちまで持ってくるのを忘れないように。経営に必要な道具とか、他に欲しいものがあったら一緒に提出してくれて構わないよ」

サティーヤが門まで歩いて行ったので、ライムも見送りがてら門の前まで行った。この門も、門とは名ばかりの古びたアーチ看板なので、できれば作り直したいところだ。

「じゃ、子供たちによろしく」

そう言って、サティーヤは去っていった。貴族だから馬車で来たのかと思いきや、のんびり歩いて帰っていった。馬車を出すまでもないと思っているのか、いろんな意味で変わった領主様である。

「おいライム、あいつなにものだよ？」

「……なんのはなしをしてたの？」

サティーヤが帰った途端、リューとミリィがこちらに駆け寄ってきた。彼らも、サティーヤが他の島民とは違う人だと何となくわかっていたみたいだ。

ライムは子供にも理解できるよう、なるべく簡単に答えた。

「あの人はハルモニア島の領主様だよ。これから世話になるから、あまり喧嘩を売ったり失礼なことをしないようにな。挨拶もきちんとするんだぞ」

「りょーしゅってなんだ？」

「この島の持ち主だな」

「え？　このしま、もちぬしがいるの？」

「いるよ。どこの土地でもそうだけど、その土地を治める貴族がいるんだ。まあその辺の事情は難しいから、さっきの人がこの島のボスだと思っておけばいい。要するに、島で一番強い人だな」

「いちばんつよいひとか……。そんなにつえーヤツにはみえなかったけどなー」

リューはまだピンと来ていないのか、しきりに首をかしげている。彼ももう少し大人になったら、「腕っ節の強いことが『強い人』ではない」と理解してくれるだろう。

「それよりライム、きいてきいて」

ミリィが服の裾を引っ張って、興奮気味に訴えてきた。

「さっき牛さんにえさあげてたらね、『モーモー』ってないてミリィにすりすりしてきたの。なんどにげてもミリィによってきて、どうすればいいかわからなかったの。あれはなんだったの？」

「ああ、もしかしたら搾乳して欲しいのかもしれない。ちょっと様子を見に行ってみよう」

牛舎に戻って問題の牛の状態をチェックしたら、乳房が少し張っているのがわかった。

一日一回ではなく、二回目の搾乳を自発的に求めるようになってきたみたいだ。

（よし、順調に回復しているな。いいことだ）

自分一人での搾乳では手が足りないので、ライムは子供たちにも搾乳の手順を教えることにした。

「リュー、ミリィ、今日から一緒にミルクを搾ってみよう。大事な作業だから丁寧にやるんだぞ」

ライムは搾乳用のバケツとタオルを用意し、一緒にやりながら細かく搾乳方法を指導した。「牛は全員お姫様だと思え」という心構えを何度も言い聞かせ、牛たちに快適な時間を提供することを徹底させた。

リューとミリィはどちらも熱心に話を聞いてくれて、初めて手搾りできた時は声を上げて喜んだ。

4

それから三日後。

子供たちに牧場の仕事を任せ、ライムはサティーヤの屋敷に向かった。ハルモニア島唯一の屋敷だから、目で見てすぐに場所がわかる。歩いて行ける距離なのも助かった。

（しかし、貴族の屋敷にしてはだいぶ質素だよな……）

屋敷は二階建ての洋館になっており、薄いブルーの壁がおしゃれである。一階にはカーブ状に張り出したバルコニーがあり、天気がいい日はそこでお茶を飲めるようになっていた。

他の民家よりは大きいが、領主レベルの貴族が住むにはシンプルすぎるのでは……とも思う。

屋敷に入るための正門も今は開け放たれていて、両脇に警備担当らしき男性が立っているだけだった。オープンすぎて逆に心配になった。さすがはド田舎というか……。

「あ、ライムだ。いらっしゃーい！」

屋敷に近づいた途端、二階の窓からサティーヤが手を振ってきた。

親しげな出迎えに戸惑っていると、数秒後に玄関の扉が開いて彼が中から出てきてくれた。

「来てくれて嬉しいよ。調子はどうだい？　ちょうどヒマしてたし、お茶でも飲んでゆっくりしてってって」

「え、ええと……その前に、書類のチェックを……」

「ああ、書類ね。どう？　ちゃんと書けた？」

「はい。間違いないように書いたつもりですが、不備があったらすみません」

ライムは折り畳んだ書類を取り出し、サティーヤに提出した。

サティーヤはそれを受け取ってザッと眺め、満足げな笑みを浮かべた。

「うん、ちゃんと書けてる。きみが読み書きできてよかったよ」

「……他の島民は、読み書き苦手なんですか？」

「本土に比べて、識字率《しきじ》はちょっと低めかな。普段はそんなに困らないけど、こういう書類を提出してもらう時は大変かも。僕が代わりに書いてあげなきゃいけないからね」

「ああ……それは確かに手間がかかりますね」

「だから、読み書きできる島民はそれだけで貴重なんだ。もしかしたら今後、新しい島民が来た時は代わりに書類作成してもらうかも」

「え。俺がですか？」

「うん、そう。大丈夫だよ、ちゃんとお小遣いあげるから。タダでやれなんて、そんなケチなこと言わないって」

「はあ……それなら、まあ……」

　曖昧に返事をしたが、そういう面倒な仕事はなるべく回避したいところだ。

「それにしても……」

　と、サティーヤが書類をまじまじと眺める。

「なんかきみ、思ったより特殊な経歴をしてるね？　村人出身で、今まで勇者パーティーに所属してたのか」

「ええ、まあ……」

「なるほど、これは面白い話が聞けそうだ。じゃあお茶用意してくるから、そこに座って待ってて。今日、本土の友人から新しい茶葉が届いたんだよ」

　一階のバルコニーを示し、サティーヤはすぐさま屋敷の奥に引っ込んでいった。

（うーん……あまり長居するわけにはいかないんだが……）

　子供たちを長時間留守番させておくのも忍びないし、領主様と一対一のお茶なんて緊張してしまう。

　とはいえ、彼がいない間に逃げるのも心証《しんしょう》が悪い。

仕方なくライムは、バルコニーに設置してある椅子に浅く腰掛けた。デザインはシンプルだが雨に強いヒノキが使われていて、さすがにそこは貴族の持ち物だなと思った。いち村人にとって、ヒノキの椅子は贅沢品だ。

「お待たせ～！　ついでにお菓子も持ってきたよ。一緒に食べよう」

サティーヤが自らワゴンを押して戻ってくる。

ワゴンの上にはティーセットが置かれていて、アフタヌーンティーのような立派なお菓子も用意されていた。ワゴンそのものもおしゃれな木製で、ダークブラウンの色合いが上品だった。

（うわぁ……なんか、ものすごくもてなされてる……）

お菓子もクッキー、マカロン、マドレーヌ、ジャムや生クリームなどがあり、平民ではなかなか口にできないものばかりが揃っていた。紅茶そのものも香り高く、かなり高級な茶葉を使っていることが窺える。

こんな全力でもてなされたら、腰を上げづらくなってしまいそうだ。

「ああ、そんなに緊張しないで。正式なお茶会じゃないし、ここには僕以外誰もいないからさ。もっとリラックスして、気軽に楽しんでいってくれると嬉しいな」

「は、はい……」

「どうぞ、召し上がれ」

サティーヤがお茶を注ぎ、自分の前にカップを置いてくれる。ティーカップそのものも質がよく、高価なものだというのがわかった。

「いただきます……」

カップを持ち上げ、おずおずと口をつける。その瞬間、素晴らしい味と香りがふわあっと広がっていった。紅茶なんてまともに飲んだことがなかったから、余計に感動した。

「どう？　美味しい？」

「はい、とても」

「わあ、よかった！　我ながら、紅茶淹《い》れるのも上手くなってきたよ。よかったらこっちのお菓子も食べて。僕のお気に入りなんだ。美味しいよ？」

クッキーを勧められたので、ひとつだけ摘《つ》まんで齧《かじ》ってみた。こちらも実《じつ》に美味しかった。さすがに領主様は、普段食べているものも平民とは違う。

「これ、全部領主様が用意してくれたんですか？」

「そうだよ。意外だった？」

「ええ、まあ。こういう仕事は、全部使用人がやるものだと思ってたので……」

「使用人？　生憎《あいにく》だけど、そういう人はうちにはいないよ」

「……えっ、いないんですか？　一人も？」

「うん、いないね。本土にいた時はたくさんの人に囲まれてたけど、今はほとんどのことを自分でやってるんだ。他の人がいるといろいろ面倒だからさ」

「面倒、ですか……」

面倒どころか、身の回りの世話や家事全般をやってもらえれば、むしろ生活が楽になりそうなものだが。

するとサティーヤは、苦笑しながらこう答えた。

「面倒だよ。いつどこで噂話が広まるかわからないんだもの。使用人の中にスパイが混じっていることもあるからね。そんなリスクを冒《おか》すくらいなら、最初から一人の方がいいんだ」

「ス、スパイ？」

家の中にスパイがいるかもしれない……なんて環境、考えたことがないのですぐには想像できなかった。貴族社会では、そんなこともあり得るのか。

サティーヤは小さく頷いた。

「これでも僕、生まれは由緒正しい家柄なんだ。小さな頃からいろんな教育をされたし、礼儀作法や言葉遣い、立ち振る舞いにも気をつけるよう厳しく躾けられた。それっていうのも、貴族はいつどこで誰に見られてるかわからないからでさ。朝起きてから寝るまで、常に誰かに見張られているものだと思えって教えられた。だからどんなプライベートな場面でも、言動には気を付けなきゃいけなかったんだ」

「そうなんですか……」

「でもねぇ……ある日ふと、『僕は一体何をしてるんだろう』と虚《むな》しくなってきて。常に人の目を気にした生活を送って、足元を掬《すく》われないように注意を払って、発言も行動も制限されてさ。それって奴隷とあまり変わらないんじゃないかって思えてきた。それに気づいた瞬間、何もかもが馬鹿らしくなっちゃってね。それで、環境を変えるためにこの島に引っ越したんだ。隠居と言ってもいいかな。地位も権力もいらないから、とにかく窮屈な生活から解放されたかった。自由な暮らしをしてみたかったんだ」

「………」

「だからここの領主になった時、決めたんだよ。せっかく本土から離れているんだから、貴族も平民も分け隔《へだ》てなく暮らせる自由な島にしよう……ってね。形式的な上下関係はあるけど、こんなド田舎の離島でそんなものにこだわっても仕方ないし。そんなことより島民とたくさん触れ合って、必要な時は惜しみなく食料を回して、島民を飢えさせないようにしようと思った。美味しいものをお腹いっぱい食べられれば、大抵みんなハッピーでいられるからさ」

「確かにこの島、食べ物はかなり潤沢《じゅんたく》にあるみたいですね」

牧場整備を始めて三日目くらいまでは、敷地内に生えていた野草やキノコを調理して食べていた。

けれどそれを見かねた隣の農家さんが、余っていた野菜や小麦粉を分けてくれたのだ。

「あんた、毎日そんな食事じゃ力が出ねぇだろ。これ分けてやるからみんなで食べな」

「えっ？　いいんですか？　小麦粉までこんなにたくさん……。本当にもらっちゃって大丈夫なんですか？」

「大丈夫なんだよ。うちは領主様がいい人でさ、できた作物の一部を献上すれば、あとは自分たちで食べていいってことになってんだ。この島にいれば、野菜も小麦粉も作ったら作った分だけ食べられるのさ」

「そ、そうなんですか……」

一般的な村では、収穫した作物は一度領主が全部回収する決まりになっている。

そこから領主の取り分、領民に回す分、他領地に卸す分などを計算し、領民に再分配されるのだ。

けれど領地によっては領主（貴族）の取り分がものすごく多くなっている場合があり、下手をすれば七割以上持っていかれてしまうこともある。特に小麦などの主食は身分の高い人が独占しがちで、生産者の口には入らないことも多かった。

貴族が小麦で作ったふわふわの白いパンを食べている一方、平民はライ麦や大麦などが混ざった硬くて黒いパンしか食べられない。そういうのも、ごく当たり前の日常だった。

かくいうライムも、クロトたちと旅をしていた頃を除けば、白いふわふわのパンなんてほとんど食べたことがない。

だから野菜はともかく、農家さんが小麦粉を分けてくれた時は本当に度肝《どぎも》を抜かされた。

この小麦粉は本物なのか。変な混ぜ物がされているんじゃないか。あるいは、こっそり隠し持っているものなんじゃないか。平民が堂々と小麦粉なんか使っていたら、下手したら役人に逮捕される可能性も……などと、余計な心配をしてしまったものだ。

島民が当たり前に小麦粉を持っているところも、この島の食料が潤沢な証拠である。

「うちの島民には、食べ物の心配をせず快適に暮らして欲しいからね。定期的なお裾分け以外は自由にしていいってことにしてるんだ。食料を徴収したところで、一人暮らしの僕にはほとんど使い道ないからさ」

「なるほど。道理で皆さん、白いパンを普通に食べていると思いましたよ。あんなの、一般的な村ではあり得ないですからね」

「でしょ？　そこは僕の島の自慢なんだよね。領主と領民がほぼ同じ食事をしている場所なんて、ここ以外イーデン王国にはないんじゃないかな」

「ないと思います」

というか、いち平民のライムがこうして領主様とお茶をすること自体、普通では考えられないことであろう。

「島の様子を見て回ってるとさ、みんないい顔で生き生きと働いてることがわかるんだ。

僕が通りかかると、笑顔で挨拶してくれるの。そういう島って、なんかいいじゃない？　島民がのびのび生活できていれば、僕も嬉しいし。ド田舎ならではの不便も多いけど、今のところ僕の理想通りの島作りができてる。そういう意味で、この環境はすごく気に入ってるんだ」

「俺も……ある意味、この島に来られてよかったと思ってます。確かに娯楽の類いは何もないですが、それ以外の面でこんなに恵まれた島は他にないでしょう」

「ふふ、そう言ってもらえて嬉しいよ。本土は賑やかだけど、ちょっと落ち着かない部分もあるからさ。だからこそ、みんなにはここでゆっくり生活して欲しいんだ」

にこりと微笑み、サティーヤが続ける。

「どんな人にも、休息できる場所は必要だよ。都会に馴染めなかった人も、人間関係に疲れちゃった人も、しばらくこの島で羽根を伸ばしてくれたらいいなと思ってる。それで心身が休まったら、新しい場所を見つけるもヨシ、永住するのもヨシ。そんな感じでこの島を治めているんだ」

「素敵な考えですね。そういう領主様だからこそ、島民にも慕われているんでしょうね」

「ありがとう。いや～、ホントに自由って素晴らしい～！　うるさいメイドや執事にあれこれ言われなくていいし！　快適すぎてマナー忘れちゃいそう～！」

さも楽しそうに笑うサティーヤ。その顔がとても晴れやかだったので、本当に不自由はないんだなと思えた。

貴族だろうが何だろうが、自分のやりたいように、自分の好きに生活するのが一番である。

「じゃ、今度はライムのこと聞いていい？」

サティーヤが、こちらの皿にマフィンを取り分けながら尋ねてきた。

「勇者パーティーに所属してたって言ってたけど、どんなメンバーと旅してたの？」

「ごく普通のメンバーですよ。リーダーの勇者が一人、体格のいい戦士が一人、魔法使いが一人と……メインはそんなところです。一般的なパーティーより、人数は少なかったように思います」

「ふーん？　少数精鋭だったんだね。それで、パーティー辞めちゃったのはやっぱり人間関係が原因？」

「辞めたんじゃなくて、向こうが一方的にクビにしてきたんですよ」

「…………えっ？」

途端、サティーヤの動きが固まった。

「ごほん。……いや、ちょっと待ってね。クビっていうのが衝撃的すぎて、思わずフリーズしちゃった」

「え、ええと……すみません。気に障ったなら謝ります」

「いや、違うの。そうじゃなくてさ……。というか、その口調いい加減何とかならない？　もっと普通に喋っていいよ。ここでは貴族も平民も関係ないって言ったでしょ」

「あ、はい……うん……わかった……」

「それで……クビにされたってホント？　僕はてっきり、自分から辞めたんだとばかり思ってたけど」

「違うよ、本当にクビになったんだ。次の目的地に向かう途中にたまたまこの島に立ち寄って、船に乗り込む直前にクビにされたんだよ。『きみはもう不要だから』って」

「ええー……？　そんなことある？　ライム、『良成長』のスキル持ってるんだよね？　ここに書いてあるけど」

サティーヤが書類の「技能欄《スキル》」を指差す。

「良成長スキルって、かなり珍しいんだよ。捜そうとしても簡単には見つからない。こんな貴重なスキルを手放しちゃうなんて、その勇者は一体何を考えてるんだ？　僕だったら大金払ってでも永久に雇用し続けるけどなぁ」

「さあ……？　でも『僕たちは限界まで育ちきっちゃったから』みたいなこと言ってたからな。レベルがカンストしてしまった以上、もう使いようがなかったんじゃないか？」

「？　そうなの？　カンストしたからって、クビを切っちゃったら意味ないと思うけど」

「あの人たちが何を考えていたかは俺にはわからないよ。……けど、別にもういいんだ。

優遇されていたわけじゃないし、仲間からはむしろ雑用係としか思われていなかったしな。一方的に切られたのは悔しいが、今では別れられてよかったと思ってる」

「そっか……なんか大変だったんだね」

そう言ってカップを置き、サティーヤは身を乗り出してきた。そしてこちらの手を握って、断言した。

「でも安心して！　僕はライムのこと、理不尽に追い出したりしないから！　むしろずっといて欲しいって思ってるから！　良成長スキルを持ってる人がうちに来てくれるとか、とんでもない幸運だよ！　これから末永く、よろしくね♪」

「あ、ああ……こちらこそ……」

ぶんぶん、と手を振った後、再びサティーヤが着席する。

彼が落ち着いたところで、ライムは尋ねた。

「でも俺のスキル、そんなにすごいものなのか？　珍しいのは知ってるけど、生き物が育ちきっちゃったらあまり意味がないんじゃないのか？」

「おや。もしやライム、自分のスキルをあまり理解してないね？　良成長スキルは、僕が知っている中でも一、二を争うくらいお得なスキルだよ。……何なら、スキルの本貸してあげようか？」

「スキルの本？　そんなのがあるのか？」

「もちろんさ。ちょっとついてきて」

言われるがまま、ライムはサティーヤと共に屋敷の中に入った。

階段を上って二階に上がり、奥にある書庫とやらに案内される。そこは壁一面にズラリと本棚が並んでおり、半分は空で、半分は本が詰め込まれていた。

床にも無数の本が積み上げられており、中には雪崩が起きている山もある。

「うわぁ……すごいなこれは。サティーヤさん、こんなに本持ってたのか」

「いやいや、こんなの全然少ない方だよ。こっちに来る時にかなり処分したもの」

「それでもこの量なのか。さすが貴族というか……」

「まあ、本をたくさん持っていることも財力の証明になるからね。全然読書しないのに、本だけいっぱい持ってる人は多かったよ。まあ僕は、持ってるものは全部読破してたけど」

「そうか……。この量を全部読んでいるのはすごいな」

ライムは村人出身なので、生まれてこのかたまともな読書はほとんどしたことがない。

冒険での経験や前世の記憶から、普通の村人よりは知識があるかもしれないけれど、基本的な教養はあまり自信がなかった。

自分が唯一サティーヤより知っているのは、牛や作物の育て方くらいだ。

「お、あったあった。これだよ、この本」

サティーヤは真新しい一冊の本――というより、辞書のようなものを差し出してきた。

タイトルは「スキル大全集」。イーデン王国に存在する全てのスキルが記されているそうだ。

「これなら詳しいことが書いてあるよ。よく読んで勉強してごらん」

「あ、はい……」

試しに「良成長」の部分を引き、書いてあることを頭から読んでみた。

そこには次のように書かれていた。

『定義：有効範囲内にいる対象が受けた外部刺激に対し、約三倍の成長率バフをかける』

二、三度繰り返してじっくり読んでみたが、やっぱり意味がよくわからない。

「ごめん。これどういう意味なんだ？」

「どうって？　書いてあることそのままじゃない？」

「そのままと言われても……。『約三倍の成長率バフ』って何だ？　『外部刺激』っていうのもよくわからないんだが……」

「もー、しょうがないなぁ。じゃあサティーヤさんがわかりやすく解説してあげましょう」

何をするのかと見ていたら、サティーヤは机に置いてあった紙とペンを手にした。

彼は紙の真ん中に棒人間をひとつ描き、その周りに円を描いた。

「まず、この棒人間をライムとしよう。で、スキルの効果がある範囲を円の内側とします。これがいわゆる『有効範囲内』ね？」

「は、はい……」

「でも良成長スキルはレアだから、普通はスキルなしの状態が当たり前。この円の外側には、こう……大きい人や小さい人、小太りの人や痩せ細っている人みたいに、いろんな人がいるわけよ」

今度は円の外に、ちょっと小太りの棒人間と枝のような棒人間を描く。

「ところが、この人たちが『有効範囲内』に入ると、みんな成長率が一律に上向く。同じものを食べても、今まではよく身長が伸びる人とそうでない人との差ができてたけど、スキルの効果を受けた途端、みんなイイ感じに身長が伸びるんだ。トレーニングに関しても同様で、今まで筋肉がつきにくかった人もムキムキのイイ身体になれる。つまり良成長スキルっていうのは、生まれつきバラバラだった成長率をみんな一律《いちりつ》に高くしてあげる効果があるんだよ」

「はあ、なるほど……」

だからクロトたちは、たった二年で別人のように成長できたわけか。

これは身体の成長だけではなく、戦闘から得られる経験値にも効果がある。なので、ライムがパーティーにいるだけであっという間にレベルアップするようになったのだ。

（確かに、「獲得経験値が三倍以上違う」みたいなことを言ってたもんな……）

約三倍の成長率バフというのは、そういう意味だったのか。

納得し、ライムは言った。

「……ということは、『周りのものがよく成長する』って解釈でだいたい合ってるじゃないか。何でこんな小難しい表現にしてるんだ？」

「その定義の二文目、読んだ？　大事なのはむしろそっちだよ」

「えっ？」

言われて、再びページに目を落とす。先程の定義の続きにはこんなことが書かれていた。

『対象が有効範囲外に出た時、外部刺激に対して約三倍の成長率デバフがかかる。その効果期間は、成長率バフがかかっていた期間とほぼ同等である』

今度はデバフとかいう単語が出てきた。これは一体何なんだ？

「要するに、成長がマイナスになるってこと」

と、サティーヤが言う。

「この円の中にいた人が円の外に出ると、上向きだった成長率が全部下向きになっちゃうんだ。身長は伸びなくなるし、筋力は衰《おとろ》えるし、仕事の効率もガクーンと下がる。もちろん永遠に下向きになるわけじゃなくて、円の内側にいた期間が二ヶ月なら、外に出て二ヶ月経てばまた通常の成長率に戻るよ」

「そうなのか……？」

「うん。ライムが勇者パーティーに所属してたのは二年間だっけ？　そしたら、別れて二年間は成長率が下向きになっちゃうね。『育ちきったから不要』とかいってクビにしちゃったみたいだけど……でもまあ、それでも大丈夫だと思ったんでしょ、きっと？　多少レベルダウンしちゃっても取り戻せる自信があったんだよね、彼らは？」

「い、いや、それは……単にそこまで知らなかっただけだと思う……」

「あれ、そうなの？　もともと強かったチームが、最後のレベルアップで良成長スキルに頼ったとかじゃないの？」

「……いや、全然違う。クロトさんたち、加入初期の頃はそんなに強くなかったから……」

そう言った瞬間、サティーヤがパッと顔を上げた。そして真っ直ぐこちらを見た。

「……クロト？　それ、今まで冒険してた勇者の名前？」

「あ、ああ……。彼がパーティーのリーダーだったんだ」

「…………」

サティーヤが、唐突に渡した書類を確認し始めた。経歴のところを隅々まで読み、ガタッと席を立ってこちらに近づいて来る。

「……ねえ、ここに書いてあることに間違いはない？」

「はっ……？」

「『二年前からパーティーに加入した』っていうところ、間違ってない？　絶対に二年前？」

「え、ええと……」

「正直に答えて。嘘ついたら許さない」

ガシッと両肩を掴まれ、真正面から視線を注がれる。

貴族らしいノーブルな顔が今は冷たい能面《のうめん》に見えて、全身に鳥肌が立ってきた。圧倒的なオーラに気圧《けお》され、腹の底からじわじわ恐怖が湧き上がってくる。

「ま、間違いありません……」

擦《かす》れた声で何とかそれだけ答えた。

ここで下手なことを言ったら、何をされるかわからない。そんな底知れぬ恐ろしさがあった。

するとサティーヤはふっと雰囲気を和《やわ》らげ、にこりと笑みを浮かべた。

「うん、それならいいや。ありがとう、ちょっと確認したかっただけだよ」

「え……」

「ライムの目、嘘ついてる人の目じゃなかった。ごまかしているわけでもなさそうだし、僕はきみのこと信じるよ」

「あ、はあ……ありがとうございます……」

元に戻ってホッとした一方、先程味わった恐怖はライムの記憶に深く刻まれた。

（な、何だったんだ、今のは……？　なんか別人みたいだったんだが……）

戸惑っているライムに対し、何故かサティーヤは少し楽しそうだった。そしてニヤニヤしながらこんなことを言い出す。

「ふふふ。それにしてもそのクロトくん？　随分バカなことをしたねぇ～？　スキルの仕様をちゃんと理解してないから、そういうことになっちゃうんだよ」

「う、うん……」

「いや～……ホント、ざまぁないね。自分のレベルがどんどんダウンしていって、今頃ものすごく焦っているよ、きっと。ライムをクビにしたこと、絶対後悔してると思う」

「そ、そうかな……」

「でも不思議だよねぇ？　普通はそうやってクビにする前に、スキル以外の使い道はないか考えるものじゃない？　良成長スキル持ってるなら、ちょっと訓練すれば戦力になるはずなのに……ライム、戦う訓練したことないの？」

「ないな。武器も持たせてもらえなかった。むしろ、勝手に武器を触ったら怒られていたくらいだ」

「ふーん？　変なの。というか、戦闘に参加させられないなら他の依頼を任せればよかったじゃない？　都会の方になかった？　『絵や銅像の題材になってください』みたいな依頼がさ。ライム、見栄《みば》えがいいからそれくらい難なくできると思うんだけどなぁ」

「あったけど、それもやらせてもらえなかったんだ。俺も何度か『やってきましょうか？』って聞いたんだけど、クロトさんは『それはきみの仕事じゃない』って」

そう言ったら、サティーヤは顎に手を当てて頭を捻《ひね》った。

何を考えているのかと思ったら、すぐにニヤリと口角を上げてこう言ってきた。

「ははーん……？　何となくだけど、彼の考えていることがわかったよ。要するにクロトくんは、きみに金や力を持って欲しくなかったんだ」

「……は？　どういう意味だ？」

「だって、ちょっとでも剣の扱いを覚えたり自力で金を稼げるようになってしまったら、自立してパーティーから抜けてしまうかもしれないじゃないか。まだ良成長スキルを使わなきゃいけないのに、急に『抜けたい』なんて言われても困る。だから彼は、あえてきみに何もさせないようにしたんだよ。『僕たちと一緒にいないと生活できないよね？』みたいにきみを縛って、自分からパーティーを抜けられないようにしたんだ。レベルがカンストして不要になるまでね」

「……あ」

言われてみれば、その通りな気がしてきた。

戦闘に関係ない依頼すらやらせてもらえないのは不思議だなと思っていたけれど、そういう理由なら納得もいく。

（せ、性格悪っ……！　そのくせ俺のこと、「穀潰し」だの「役立たず」だのと罵ってたわけか……！）

今更ながら、ものすごく腹が立ってきた。

自分たちの都合で俺をスカウトし、自分たちの都合で依頼を止めていたにもかかわらずこの仕打ち。彼らは俺のことを一体何だと思っていたのか。これでは、スキルを持っているだけの道具ではないか。奴隷よりももっとひどい扱いだ。

もう一生関わりたくない！　ある意味、クビになってよかった！

「まあまあ、落ち着いて。せっかくイケメンなのにシワが増えちゃうよ」

と、サティーヤが慰めてくる。

「それにホラ、誤ってクビにしちゃったとわかったら、またライムを訪ねてくるかもしれないし？　ライムは嫌だろうけど、その時はあまり怒らず冷静に対処しよう。ね？」

「これが怒らずにいられるか！　というか、あんなひどい対応をしたくせに、今更訪ねてくるとかプライドなさすぎだろ。どの面《つら》下げて会いに来るっていうんだよ」

「いやいや、わからないよ？　ああいう、他人を平気で使い捨てるような人って面の皮厚いからね。僕は、いつかまた図々しく戻ってくる可能性に賭けます」

「そんなところに賭けないでくれ。ホント、迷惑だから」

はぁ……と深い溜息をつき、少し気分を落ち着かせたところでライムは聞いた。

「……というかサティーヤさん、クロトさんのこと知っているのか？　まるでどこかで会ったかのような口ぶりだが？」

「うん、ちょっとね。と言っても三年前のことだから、きみとは全く関係ないよ」

「そうなのか？　だからさっき、何年前か確認してたのか……」

「そうそう。でもこれは少しデリケートな話だから、ライムは無関係でいいんだ。もし関係してたら僕の方が悲しくなっちゃう」

「そうか、わかった」

それならば、あまり聞かない方がいいのだろう。

何があったかは知らないが、この先クロトが戻ってくることはないだろう（と信じたい）し、あえて知る必要もない。彼のことはさっさと忘れて、今は牧場の立て直しに励むとしよう。

「ところで、島民手形はいつもらえる？　言ってくれれば取りにくるぞ」

「ああ、それなら明日にでも届けてあげるよ。ライムも牧場の仕事あるでしょ？　散歩がてら持ってってあげる」

「え、いいのか？」

「いいよ。定期的に島を散歩するのも僕の仕事だから。どんな作物が育ってるのかとか、島民はどんな様子かとか、チェックするのも大事でしょ」

なるほど、確かにその通りだ。一歩も外に出ず、領民の暮らしぶりを知ろうともしない領主よりずっと好感が持てる。

用事が済んだので、二人はバルコニーのお茶に戻った。スキル大全集は、「せっかくだから一冊持っておきなよ」と、サティーヤが譲ってくれた（本人は自分用に新しいのをもう一冊買うつもりらしい）。

「あー、やっぱり冷めちゃった。お茶はやっぱり淹れたてが一番美味しいね」

サティーヤが温《ぬる》くなった紅茶に口をつける。

「それで、欲しい物は？」

「……えっ？」

「牧場経営に必要なものだよ。あるでしょ、いろいろ。農具を新しくしてくれとか、餌を取り替えたいとか」

「あ、ああ……それか……」

ライムは、ポケットからメモ用紙を取り出した。

いきなりあれこれ頼むのもどうかと思ったので、最低限これだけは必要というものをピックアップしてきたのだ。

サティーヤはそのメモを見ていたが、すぐに顔を上げて聞いてきた。

「新しい餌と鍬と子供たちの衣服？　これだけ？」

「いや……他にもいろいろあるけど、いきなりたくさん要求するのは悪いと思って」

「何言ってるの、小出しにされる方が面倒だよ。あるなら最初から全部言って欲しい」

「そ、そうか？　でも全部となると、本当にいろいろ言いたくなるぞ」

「いいよ。というか、他の島民は『家を建て直したい』とか『孫ができたからお祝いをくれ』とか、かなりガツガツ要求してくるよ？」

「そんなことまで？　みんなすごいな……」

「みんな『言うだけならタダ』って思ってるんだよね。必ずしも要求が通るとは限らないから、ダメ元で言ってみようって人が多いんだ」

「はあ、そうなのか……」

「とはいえ、よっぽど無理な要求じゃなければ大抵は叶《かな》えてあげてるよ。きみたちが毎日働いてくれてるおかげで、領主は生活できているんだ。島民の要求にはなるべく応えてあげなくちゃね」

それを聞いたら、思わず感嘆の溜息が漏れた。

「太っ腹だなぁ……。俺が元いた村では、そんなに領民を甘やかしてくれなかったぞ。食べ物もそうだし、家だってそんな簡単に建て直しできなかった」

「うーん……そこは領主の裁量によるかな。ただ、あまり締め上げすぎて領民に反乱でも起こされた日には一大事なわけで。だからある程度の税金はとりつつ、領民が喜ぶこともしてあげて、バランスを考えて領地を治めないといけないんだ」

「はあ、なるほど……」

「ライムも、希望があるなら遠慮せずに言ってごらん。言うだけならタダだし、言ってくれなきゃ無理かどうかもわからないでしょ」

「…………」

少し迷ったが、確かに言うだけならタダである。

この際だからと、ライムは思い切ってこんなことを口にした。

「もし可能なら、牛舎を新しく建て直したいんだ」

「牛舎を？」

「見てわかると思うが、今の牛舎はボロボロすぎて雨漏りもひどい。あのままだと次に強い嵐が来たら牛舎ごと吹っ飛んでしまうかもしれないんだ。だから、雨除けか風除けができるものを作ってくれると非常にありがたい」

「あー、なるほどね。確かにそれは牧場管理に直結する問題か。……他には？」

「ええと、そうだな……。子供たちのベッドとか……」

「子供用ベッド？　きみたち、今は大人用のベッドで三人一緒に寝てるってこと？」

「いや、藁のベッドでそれぞれ……」

「は？　藁をベッドにしてるの？　てことは、今はベッドすらないわけ？　そういうことはもっと早く言いなよ」

「ご、ごめん……」

「というか、あの小さい小屋に普通のベッド三つなんて入るかな。頑張って入れたとしても、ベッド置いたら他の家具が置けなさそう」

「子供用の小さいサイズなら大丈夫なんじゃないか？」

「あのねぇ……ベッドなんてそう頻繁《ひんぱん》に買い換えるものじゃないでしょ。子供たちだって大きくなるんだし、最初から普通サイズのものを買わなきゃダメだよ」

「で、ですよね……」

　サティーヤの言うことは理解できる。が、だからといって普通サイズのベッドを三つも置くスペースはあの小屋にはない。

　だったらベッドはいらないよ……と言おうとしたら、サティーヤは顎に手を当て、こんなことを言い出した。

「わかった。この際だから、あそこにある建物を一から全部建て直そう」

「……はい？」

「どの道、僕も牛舎は建て直さなきゃと思ってたんだ。ライムはもう永住決定だから、それなら生活する小屋もちゃんとした家に建て替えた方がいい。ついでに道具置き場とか作業場とか……業務や生活に必要なものは全部作っちゃおう」

「ええ？　そんな、全部って……ええ？」

さすがのライムも耳を疑った。

牛舎の建て直しのみならず、家まで新しくしてくれるとか正気だろうか。あまりに太っ腹すぎて心配になってしまう。一体いくらかかるのだろう。

「いや、いくら何でもそこまでは……。そんなにやってもらっても、俺お礼できないし」

「やだな、ライムはいてくれるだけでおつりが来るから気にしなくていいんだよ。初期投資みたいなもんだし、これくらいの出費お安い御用だって」

「お、お安い御用なのか……？」

「うん。例えるならアレだ、自分の庭を綺麗に整備するようなものだよ。実際、この島は僕の所有地なんだから、快適に過ごせるようお金かけるのは当然のことじゃない？　で、きみたち島民は、僕の庭に住んでるみたいな感じ」

「はあ……まあ、そうかもしれないが」

「なので、今回は思い切って出費しちゃいまーす！　立派な建物にしてもらうんで、楽しみにしててね♪」

「は、はあ……。でも、建て替えの職人はどうするんだ？　ここにはそういう職人はいないだろ？」

「そんなの、本土から募集をかければいいでしょ。今は仕事にあぶれてる人も多いし、募集を出せば我先にと来てくれるはずだよ」

「そうか……？　でも、一気に何軒もの建物を建ててくれるものなんだろうか……」

そう言ったら、サティーヤが頬杖をついてこちらを見てきた。そしてクッキーをつまみながら、正論を述べてきた。

「あのね、職人たちは本土からわざわざ船に乗って田舎の島まで来てくれるの。なのに仕事が牛舎の建て直し一件だけだったら、こっちまで来る費用の方が高くついちゃうでしょ。建て直しの度に何度も募集かけるのも手間だし、それなら一度にたくさんの仕事を与えてあげた方が効率的じゃないか」

「は、はい……そうですね……」

「それともライム、小屋を建て直されるの嫌なの？　あのままの方がいい？」

「いや、そうじゃない。サティーヤさんがあまりに太っ腹だから、少し戸惑っただけだ」

「だって、僕にとってはそれだけ価値があるスキルだもん。スキルの仕様を知っていれば、誰だってこれくらい優遇するよ」

「そ、そうか……」

まあ確かに、良成長スキルがなくなったら成長率が下がるとなれば、何が何でも永住してもらいたいと思うのは当たり前かもしれない。

だから惜しみなく金をかけてくれるし、手ずからお茶やお菓子をご馳走してくれるし、高価な本も譲ってくれる。これが所謂《いわゆる》「ちやほやされる」ということなのだろう。

今まではちゃんとスキルの価値を理解していなかったけれど、自分のスキルくらいしっかりわかっておかないとダメだな……と反省した。

（でも、良成長スキルがそこまで価値のあるものなら、スキルを偽装する人も出て来そうだが……？）

ライムは、自分のスキルがここまでの価値を持つものとは知らなかった。知らなかったから、今までそれを利用して得をしようとは思わなかった。

だけどもしスキルのことを熟知している人がいて、「俺は良成長スキルを持ってます」と嘘をついていたらどうなるのだろう。雇用主が騙されることにならないか。相手が良成長スキルを持っていると信じたまま投資して、何の効果も得られずに大損することもあり得るのではないだろうか。

サティーヤは何故、ほぼ初対面のライムの言うことを信じられたのだろう……。

「なんか、まだ何か言いたそうな顔してるね？」

スコーンにジャムを塗っていた彼が、首をかしげた。

「何？　小屋の他にも建て直して欲しい場所があるの？」

「ああいや、そうじゃないんだ。何というか、その……良成長スキルがそんなにいいものなら、嘘をつく人も出てくるんじゃないかと思って……」

「ああ、そういう人もいるかもしれないね。でもライムは嘘ついてないでしょ？」

「ついてないけど、何でわかるんだ？」

「それが僕のスキルだからさ」

「……えっ？」

ライムははたとサティーヤを見つめた。彼は当たり前のように答えた。

「僕のスキルは『虚言《きよげん》禁止』。簡単に言うと、『相手が嘘をついているかどうか、見破れるスキル』なんだ。だから技能欄の『良成長』スキルが嘘じゃないってことも、すぐにわかったよ」

「そ、そうなのか？　でもそんな、見ただけでわかるなら島民届けなんて書く必要なかったんじゃ……？」

「いやぁ、そこは証拠として残しておきたいじゃない？　それにあえて書類を書いてもらうことで、嘘をつく人かどうかを判断することもできるからね。僕に見破られるって知らずに『良成長スキルを持っています』なんて書いてきたら、もう一発でアウト。書類を偽装した罪で逮捕だね」

「ああ、なるほど……」

「その点、ライムは正直な人だったから安心した。あと、どんな経緯でここに来たかわかったのもよかったな。スキルは見てわかるけど、ここに至った経緯や人柄は、実際に話してみないとわからないからね」

そう言った後、サティーヤは悪戯っぽくニヤリと口角を上げた。

何かを企んでいそうな顔だったが、結局詳しいことは聞けなかった。

ライムは残った紅茶を飲み干し、カップをテーブルに置いた。

「……ごちそうさまでした。お茶、美味しかったよ。本もありがとう。そろそろ仕事に戻っていいかな」

「うん、いろいろお話できてよかった。お仕事頑張って。あ、お土産にお菓子も持ってってよ」

新鮮な布に、スコーンやクッキー等のお菓子を包んでくれる。これは子供たちも喜ぶだろう。

丁寧にお礼を言って、ライムは牧場に戻った。

「ライム、おそいー！　どこまでいってたの？」

帰った途端、ミリィが鍬を持ってすっ飛んできた。ちょうど牛舎の藁を入れ替えているところのようだった。

一方のリューは放牧している牛たちを追いかけ、牛舎に誘導しようとしている。子供ながらに牧羊犬顔負けの働きをしていて、非常に頼もしく見えた。

「二人とも、お仕事ご苦労さん。これ、お菓子だよ。サティにもらったんだ」

「きゃー！　おかしー！　やったー！」

「え、ボスがくれたのか？　けっこうきまえいいじゃん」

案の定、二人は大喜びでクッキーやマカロンに手を伸ばした。

そのままでは不衛生なのでちゃんと手を洗ってくるよう言ったら、二人は競うように井戸に走っていき、一生懸命手を綺麗にしていた。

「わー！　このおかし、すっごくおいしい！」

「いくらでもくえるな！　さすがボス、いいもんくれるぜ！」

初めて食べるお菓子が余程美味しかったのか、二人ともあっという間に平らげてしまった。

「二人とも、毎日ありがとうな。二人が働き者だから、俺もすごく助かってるよ」

「ミリィ、牛さんのおせわすきよ。いっしょうけんめいおせわすると、ミルクもおいしくなるの」

「おれも、ぼくじょーのしごとたのしーぞ。きぞくのいえでボーッとするより、こうやって、はしってたほうがきもちいいし」

「それよりね、ミリィ、さいきん牛さんのいうことわかるようになってきたの。ミルクしぼってほしいときとか、りかいできるようになったのよ。えらいでしょ」

「おれだって、それくらいわかるもんねー。どの牛がどの子とか、ちゃんとみわけられるんだぜ。おれのほうがえらいね！」

「ありがとう、どっちも偉いよ。これからもみんなで協力して生活していこうな」

そう言って頭を撫でたら、どちらも嬉しそうに笑ってくれた。

◆　◆　◆

一方、その頃……。

「うわあああっ！」

ドーン、と目の前で爆発音が轟いた。

衝撃で地面が大きく抉《えぐ》れ、炎を纏《まと》った砂利《じゃり》が周囲に降り注ぐ。

大きな地響きが直接地面を伝わってきて、煙の中から巨大な黒いドラゴンが姿を現した。

「ギャオォォン！」

「くっ……！」

迫力に怯《ひる》み、クロトは思わず武器を下ろしそうになった。

（おかしい……何でこんなヤツに苦戦するんだ……？）

今日はSランクの依頼を受け、山奥の洞窟にドラゴンの討伐《とうばつ》に来ていた。

勇者パーティーというのは様々な町を転々とし、その町の掲示板に出されている依頼をこなすことで日銭《ひぜに》を稼いでいる。

依頼の難易度は七段階に分かれており、最難関のSランクの依頼は一回成功させれば三ヵ月分の生活費を賄《まかな》えるのだ。

クロトたちは、主にこのSランクの依頼を請け負って荒稼ぎをしていた。

何せ自分たちは、ライムの「良成長スキル」の影響でレベルがカンストしてしまっている。ドラゴンを倒すことも容易《たやす》いし、何なら日に二件の依頼をこなすこともあるくらいだ。

おかげで生活費は潤沢。武器や防具は全て最高級品に買い替えられたし、宿泊時も宿屋の特別室でぬくぬくできる。食事も貴族顔負けの贅沢なものを食べられるようになったし、依頼がなくて暇な時は、お金持ちが集まる娯楽施設に入り浸って賭け事を楽しむこともできた。

楽して大金を稼げる自分たちは、人生の勝ち組だ。

今回のドラゴンも速攻で倒して、受け取った賞金で社交場にでも繰り出そう……などと考えていたのだが、予想よりドラゴンが強く思わぬ苦戦を強《し》いられていた。

「くそっ！　おかしいだろ！　何でただのドラゴンがこんなに強いんだ！」

「嘘でしょ!?　何で私の攻撃が通用しないのよ！」

「仕方ない、一度撤退だ！　退け、退けー！」

やむを得ないので、クロトたちはその場から撤退した。こんなことは本当に久しぶりだった。

ドラゴンの住処《すみか》である山奥の洞窟を抜け出し、一度山を下って麓《ふもと》の街まで戻る。

自分たちが泊まっていた宿に帰って、そこで一端休憩することにした。

（何故だ……？　最近、妙に戦いづらいような……）

以前は剣を一振りすれば、そこらのザコモンスターなど余裕で蹴散らすことができた。

ドラゴンだって皆で総攻撃を仕掛ければ、一〇分もかからずに倒せていたのだ。

だけど、ここ数日それが通用しなくなってきている。

武器は全て最高級品だから装備のせいではないし、そこら辺のモンスターがいきなり強くなったとも思えない。

一体何が原因なんだろう。どうして急に調子が悪くなったんだろう……。

「あーくそ！　何だってんだよ、ちきしょー！」

腹立ち紛れに、ジャックがテーブルをドンと叩く。以前はそんなことをしたらテーブルが壊れていたのだが、今は軽く表面にヒビが入るだけだった。

「もう、何で上手くいかないのよ。私の魔法が失敗するなんてあり得ないのに」

エミリーも、愛用の杖をしきりにメンテナンスしている。杖のせいではないと思うが、メンテナンスしたくなる気持ちもわからなくもない。

（もしかして……）

いや、まさかな……と思ったものの、念のためにクロトは仲間と一緒に宿の一階に下りた。そしてそこに設置されている「レベルチェッカー」を調べに行った。

この「レベルチェッカー」は占い師の水晶のような道具で、自分たちのレベルがどのくらいかを可視化《かしか》できる。宿泊施設には大抵置いてあるので、チェックしてから依頼を受けに行く冒険者も多かった。

ただクロトたちは、レベルがカンストして以来一度もチェックしていなかった。上がったレベルは、余程のことがなければダウンしないからだ。

そう思って「レベルチェッカー」から遠ざかっていたのだが……。

「……えっ？」

水晶の前に立ち、自分の姿を映し出す。

数秒後、とある数字が浮かんできたのだが、それを見たら愕然《がくぜん》としてしまった。

「何ィイ!?　嘘だろ!?　ちょ、どけよ！」

ジャックに突き飛ばされ、彼自身もレベルチェッカーを覗き込む。

だが浮かんできた数字を見て、同じように愕然とした。

表示されていた数字は、カンストの「１００」より遥かに低い「６５」だったのだ。

「はあぁ!?　何でレベルが下がってんだよ！　これ壊れてんじゃねぇのか!?」

「そんな……！　こんなの何かの間違いよ！　レベルがダウンするなんてあり得ない！」

エミリーも同じように喚き立てる。

これは一度冷静になる必要があると思い、ひとまず自分たちの部屋に戻って落ち着くことにした。

クロトはふかふかのベッドに腰掛け、神妙な面持ちで顎に手を当てた。

（おかしい……！　何でこんな短期間にここまでレベルがダウンしているんだ……？）

自分たちは特に変わったことはしていない。

いつも通り依頼をこなして、いつも通り賞金をもらって、いつも通りの生活を謳歌《おうか》していただけだ。

以前チェックした時は確かにカンストの「１００」が表示されていたはずだし、だからこそこれ以上成長することはないと判断し、不要になったライムをクビにしたのである。

それ自体は正しい判断だったはずだ。

それなのに、何故こんな目に……。

「ちきしょー！　なんだよ、レベル『６５』って！　一体どうなってんだよ、クロト！」

ジャックが八つ当たりのようにテーブルを叩き始めたので、クロトはジロリと彼を睨んだ。

「知らないよ。そんなの僕の方が聞きたいくらいだ。それと、家具に八つ当たりするのはやめたまえ。単純に迷惑だ」

「でも、このままじゃさっきのドラゴンすら倒せないわ。この私があんなドラゴンに苦戦するなんて、冗談じゃないわよ！」

エミリーも激怒してダン、と床を踏み鳴らす。

「だいたい、今更『依頼達成できませんでした』なんて言えないじゃない。自分たちの評価を下げるなんて論外だし。そうでしょ？」

「それはそうなんだけどね」

Sランクの依頼を受けるには、「パーティー評価」が高くなければいけない。難しい依頼をたくさん成功させていれば高難易度の依頼もどんどん舞い込んでくるが、失敗が続くと評価が下がって低ランクの依頼しか受けられなくなるのだ。

そうなると当然、稼げる賞金が減ってしまい、今までのような生活もできなくなる。

だから依頼は絶対成功させなければならないのだが、このままではあのドラゴンを倒せない。今更地道にレベルアップを図るのも非効率的だ。

一体どうすればいいのだろう……。

「ねぇ、もう一度アイツに戻ってもらうってのはどう？　ほら、この間クビにしちゃった村人よ。良成長スキルがあれば、下がっちゃったレベルもまた元に戻るでしょ」

唐突に、エミリーがそんな提案をしてきた。

驚いてクロトは顔を上げた。そんなこと、全く考えていなかった。

「……そんなことできると思っているのかい？　仮に頭を下げたところで、ライムが戻ってくれる保障はないんだぞ？」

「でも、他に方法がないじゃない。このままじゃ私たち、アイツと出会う前の状態にまで戻っちゃうわよ。そんなのクロトだって嫌でしょ」

「オレも嫌だぜ。強くなる前は、一日の生活費を稼ぐのにも苦労してたんだからよ。今更あんな生活に戻れるかっての」

ジャックも同調して腕組みをする。

「てかライムのヤツ、オレたちがこうなるのをわかってたんじゃねぇか？　自分がいなくなるとレベルが下がるって、知っててあえて教えなかったんだ。オレたちは誰もそのことを知らなかったんだから、こんなことになったのはオレたちのせいじゃねぇよな」

「そうよ、全部アイツのせいよ。なら、きちんと責任をとらせるべきだわ。アイツの居場所を特定して、早いところ連れ戻しましょう」

「まあ、落ち着きたまえよ」

息巻いている二人を制し、クロトは言った。

「ライムを連れ戻すのは、この依頼を何とかしてから考えよう。期限まであと一週間しかないんだ。どうせ間に合わない。それよか今はあのドラゴンをどう倒すか、倒せなかった場合はどうやってごまかすかを考えないとね」

作戦を立てるべく、テーブルに大きめの紙を広げる。

そこにあれこれ書き込んで考えをまとめつつ、クロトは思った。

（ライムを連れ戻す？　それはつまり、ライムに頭を下げろってことか？　この僕が？）

確かにライムはお人好しのきらいがあった。だから誠心誠意頭を下げて、下手《したて》に出まくれば帰ってきてくれる可能性はゼロではないと思う。

だがクロトは、今更時間をかけてライムを探し出し、恥を忍んで頭を下げるなど考えられなかった。ジャックとエミリーは好きなことを言っているだけだからいいけれど、実際にスカウトしたりクビを言い渡したりするのは、他ならぬ自分の役目である。

この僕が、ただの村人に頭を下げてお願いする？　Sランクの依頼をバンバンこなして、賞金もたんまり稼いでいるこの僕が？　今や上流階級者が利用する店にすら出入りできている、この僕が？

冗談じゃない。

（……いや、頭を下げる必要はないのか。僕たちが今苦労しているのは、自分のスキルをきちんと説明しなかった向こうに落ち度があるんだから）

いざとなれば、責任をなすりつけてやればいいのか。「きみが悪い」と非難し続ければ、押しに弱いライムは責任を感じて戻って来てくれるはず。それでもゴネるなら「今度はきちんと給与を払う」と餌をぶら下げてやればよい。

あんな村人に給与を払うのはもったいないけれど、本当に切羽詰まってきたら彼の再スカウトも視野に入れよう。

クロトは、自分のトランクに入れてあった依頼書を掻き集めた。

そして一番手っ取り早く済ませそうな依頼をチョイスし、今後のスケジュールを立てた。

5

ハルモニア島の島民になってから、二ヶ月程が経過した。

「よしよし。お姫様たち、今日もご機嫌麗《うるわ》しいな」

「ンモー」

優しく声をかけつつ、ライムは牛たちの健康状態をチェックした。

五頭の雌牛のうち、お局《つぼね》さんのようなベテランの雌牛が一頭、若いママ牛が二頭、子供の雌牛が二頭。みんな通常通りの豊かな体型を取り戻しており、体調も良好である。

以前はしょっちゅう暴れていた仔牛も、今ではすっかりライムに慣れてよく甘えてくる。

もっとも牛のじゃれつきはシャレにならないので、適度に躱《かわ》して相手をしているけど。

(生乳の質も、格段に上がってきたな)

これも、初期の頃とは比べ物にならないくらいよくなった。目に見えて色が濃厚になってきたし、飲めば一発で違いがわかる。

良成長スキルの影響もあるかもしれないが、毎日十分な餌をやり、牛舎を清潔に保ち、放牧しながら適度に運動させれば、牛たちの健康状態も整っていくものだ。そういった日々の積み重ねが大きいのだと思う。

牛舎も綺麗なものに建て替えてもらえたし、今のところは順調な生活を送れていた。

「ライム、にわとりごやのそーじ、おわったぞー！」

「たまごもいっぱいとれたー」

リューとミリィが、子供用の鍬と籠を手に牛舎に入ってくる。

牛舎の隣には鶏小屋があって、そこには三匹の雌鶏がいた。

何故牧場に鶏がいるのかというと、これは領主様からの頼みで、

「ライム、牛のついでに鶏も飼ってくれない？　きみは育てるのが上手だから、鶏も上手く育てられると思うんだ」

「ど、どうだろう……？　というか、牛と鶏を同じ場所で育てるわけにはいかないんだが」

「じゃ、鶏小屋を新しく作ってもらおう。牛舎の隣に建ててもらえばいいよね」

「ええ？　というか、なんで鶏を……」

「だって、ミルクと卵があれば美味しいものたくさん作れるじゃない。小麦は他の農家さんが作ってくれてるから、あとは卵が確保できればいいかなと」

「……そんな理由で？」

「美味しいものの確保は生きていく上で大事だよ。ライムだって、自宅で美味しい卵がとれた方が嬉しいでしょ」

「それは、まあ……」

「というわけなんで、鶏もよろしくね～。あとでひよこ連れてくるから」

……そんなわけで、牛の他に鶏も飼うことになってしまったのである。

後日サティーヤが勝手に三匹のひよこを置いていったのだが、それを見たミリィはとても喜んで、

「かわいい！　ミリィがおせわする！」

……と、張り切って世話をし始めた。

そんなひよこたちは思った以上にすくすく育ち、今では立派な鶏になって一日に三個は卵を産んでくれている。これも良成長スキルのおかげかもしれない。

「ライム、きょうはこれでオムレツにしよーぜー！　ふわふわのオムレツはサイコーにうまいからな」

「ミリィはパンケーキがいいなー。あったかいパンケーキに、マイカのジャムをいっぱいぬるの」

「そうだな。どちらも美味しそうだ」

最初は「うちは養鶏場じゃないんだが……」と思ったものの、自家製の卵が手に入るよ

うになったのはかなりのメリットである。料理のレパートリーも増えるし、何よりタンパク源に困らなくなった。

一般的な平民は肉を食べる機会が多くないため、代わりに卵が食べられるのは栄養の面で見ても非常にありがたいのだ。牧場の空いているスペースに畑も作れたので、野菜の収穫も可能。もちろんマイカの木も植え替えてある。

バランスのいい食事がとれるようになったせいか、リューとミリィも一回りくらい大きくなったようだ。野草やキノコを探して食べていた頃が懐かしい。

そんなことを思い出しながら、搾りたての生乳が入ったバケツを作業場に運ぼうとした。これから低温殺菌してミルク缶に詰め直し、他の島民に売り歩く予定なのだ。

ちなみに、作業場も牛舎の近くに大きめのものを建ててもらっている。

丈夫なガレージ風の建物にしてもらったので、様々な作業をするにはとても便利だった。生乳の殺菌はもちろん、生活に必要な薪割りをしたり、時間があれば椅子やテーブルを自作することもある。ライムにとってはお気に入りの場所だ。

「家も大きいのを建ててもらったよ。どう、これ？　ログハウス風でおしゃれじゃない？」

職人に建てさせた生活スペースは、サティーヤの趣味を反映させたものになった。

以前からログハウス風の別荘に興味があったらしく、この際だからと職人にあれこれ注文をつけて理想通りの建物を作らせたらしい。

しかもちゃっかり自分専用の客室も作ってしまったというから、驚きだ。

「専用の客室って何だよ……。サティには立派なお屋敷があるじゃないか」

「いいじゃない。これだけ大きい家にしてあげたんだから、一室くらい僕の部屋を作ってもバチは当たらないでしょ」

「……まあ、そこは感謝してるけどな。でもこっちにも仕事があるから、毎日のように泊まりにくるのは遠慮してくれよ？」

「や、そこは弁《わきま》えてるから心配しないで。たまに使わせてくれると嬉しいな♪」

領主様が好き放題に建てたものだが、木の香りがする家に入った瞬間、リューとミリィは大喜びで駆け回った。新しいベッドも気に入ってくれて、ふかふかのシーツの上に勢いよくダイブしていた。

（まあ、子供たちが喜んでくれたならよかったかな）

環境は整ってきた。あとは地道に経営をしていくだけである。このまま頑張っていれば、来年の納税も何とかなりそうだ。

そんなことを考えていると、

「すみませんんん！」

門の入口からドドドド……と勢いよく誰かが駆け込んできた。かなり若い男の人だった。見た限り、島の農夫ではない。質のよさそうな服を着ているので、本土から来た下級貴族か使用人といったところだろう。

　その彼はこちらを見るなり、早口で詰め寄ってきた。

「すみません！　ミルクは売ってませんか？」

「……はい？」

「ハルモニア島のミルクがとても美味しいと聞いたので！　うちのご主人様のために持って帰りたく！　余っている分を全部購入させていただきたいんです！」

　必要以上に大きな声でそう要求してくる男性。

　そんな大声出さなくても聞こえるよ……と思いつつ、ライムは愛想笑いを貼り付けながら答えた。

「ありがとうございます。今日のミルクはこれから殺菌する予定ですので、しばらくお待ちください」

「しばらくって、どのくらいですか？」

「今から鍋で煮ますので、販売できるのはお昼過ぎくらいですね」

　低温殺菌は三、四〇分くらいで完了するが、その後冷ましてミルク缶に詰めなければならない。冷ましている間に昼食をとったりするので、販売できるのは午後からなのだ。

　すると使用人の青年は、何故か焦ったように言った。

「そんなに待てません！　ボクは今すぐミルクが欲しいんです！　そのままでいいんで、

今すぐ売ってください！」

「そのままって、『殺菌しないで』という意味ですか？」

「そうです！　殺菌は帰ってからやりますから！」

「いや、それはちょっと……。こちらも未処理のものを販売するわけにはいかないので」

販売するからには、高品質で安心・安全なミルクを。それがライムのポリシーだ。牧場経営者として当然の心得である。

（というか、未処理のミルクを売って万が一何かあったら責任問題になるじゃないか）

そう断ろうとしたら、彼の主張は思いがけない方向に飛んでいった。

「じゃあ売ってくれなくて結構です！　そのまま持って帰りますんで！」

「……は？」

「お金を払わなければ販売したことになりませんよね？　ボクが勝手に持って帰ったってことにすれば、何も問題ないですよね？」

「え。いや、何言ってるんですか？　問題あるに決まってるでしょう」

「大丈夫です！　ボクは気にしないので！」

「いや、あのですね……」

「それじゃ、このミルクはもらっていきますね！　ありがとうございます！」

と、彼が当たり前のようにバケツを掴んでくる。

当然のことながら、ライムは止めた。

「やめてください。勝手に持っていかれちゃ困ります」

「いいじゃないですか！　どうせまた搾乳するんでしょ！　バケツ一杯くらい譲ってください よ！」

「ダメと言ったらダメです。お昼過ぎまで待ってください。待てないなら帰ってくださ い」

「嫌です！　ご主人様がここのミルクをご所望《しょもう》なんです！　ボクには一刻も早くミルクを届けるって使命があるんです！」

「知りませんよ、そんなの」

お互い譲らず、バケツの奪い合いになってしまう。二人の成人男性がバケツの持ち手を引っ張り合っているせいで、中のミルクがさざ波立っていた。

（まずい……。これ、どちらかが手を離したら今日のミルクが全部パーになるぞ……）

本気を出せば、この使用人からバケツを奪い返すことなど造作もない。

ただ、それをやったら衝撃でバケツの中身がひっくり返り、せっかく搾乳した生乳が台無しになってしまう。

かといって力を抜いたら男がバケツごとミルクを持って行ってしまうため、手を離すこともできないでいた。

押すことも引くこともできず、どうしたものかと硬直状態に陥っていると、

「きゃー！　シロちゃん、おちついてー！」

「ライム、たいへんだー！　また牛があばれてるー！」

「えっ……!?」

驚いて顔を上げた拍子に、力が抜けてバケツの持ち手がすっぽ抜けてしまった。

「うわあっ！」

案の定、使用人の青年は豪快に後ろに転倒し、はずみで頭からミルクを被ってしまう。

結局、ミルクは全部ダメになってしまった。

「ライム、たすけてー」

「うおおぉ！　おれじゃぜんぜんかてねぇぇ！」

子供たちが大慌てでライムの後ろに隠れる。

興奮気味に牛舎から出てきたのは、ミリィが「シロちゃん」と呼んでいる若い雌牛だった。黒い模様が比較的少なく、全体的に白っぽいから「シロちゃん」だそうだ。

「しっ！　大声出すな。余計に牛が興奮する」

そう子供たちを注意し、ライムは鼻息を荒くしている雌牛に一歩近づいた。そして落ち着いた声で話しかけた。

「どうしたんだ、お姫様。随分興奮しているじゃないか」

「ンモー！」

「大丈夫だよ、ここには変な人はいない。安心して牛舎にお戻り」

「ンモ……」

いつもの低音でゆっくり話しかけたら、牛の興奮も徐々に収まってきた。

牛も人を見ているので、普段から優しい態度で接していればちゃんとこちらを信頼してくれる。殴らず、蹴らず、大きな声を出さずに世話をしていれば、こういう時でも声をかけるだけで落ち着いてくれるのだ。

「よしよし、いい子だ。さ、一緒に家に帰ろうな」

正面から牛に近づき、そっと前足にタッチして方向転換を促す。

何に暴れていたのか知らないが、とりあえず落ち着いてよかった……。

「おい！　あんたが急に手を離すから大変なことになっちゃったじゃないか！　責任とってくださいよ！」

全身ミルクまみれの使用人が、大声で食ってかかってくる。こちらに殴りかかるつもりなのか、腕をぶんぶん振り回して近づいてきた。

（げっ、まずい……！）

こんなことをされたら、また牛が暴れてしまう。

先程暴れていたのは、知らない男が大声で喚《わめ》いていたからだと、今更ながら気づいた。

「ちょ、待ってください！　頼むから近づかないで……」

「ンモー！」

一歩遅く、牛の興奮がぶり返してしまった。

目の前の異物を排除するように低い呻き声を上げ、男に突進しようとする。

「お姫様、落ち着いてくれ。牛舎はそっちじゃないぞ。いい子だから一緒に戻ろう、な？」

一生懸命身体を押さえながら、宥めるように話しかける。

この「シロちゃん」は身体も大きいので、仔牛のように正面から抑え込むことはできない。力も強いし、吹っ飛ばされないようにするのが精一杯だ。

そうやって必死に止めているのに、使用人の男は不快な悲鳴を上げてくる。

「うわあぁ！　暴れ牛だぁ！　こっち来るなー！」

「この……黙ってろバカ！」

さすがに腹が立ち、ライムは咄嗟に空のバケツを拾い上げた。それを男の頭から乱暴に被せ、遠くの藁山まで蹴り飛ばしてやる。

「リュー、ミリィ、その男を見張っててくれ。こっちに近づかないようにな」

そう子供たちに指示し、ライムは牛に向き直った。近くで奇声を発する者はいなくなったが、それでも牛の興奮は冷めやらない。

「ほら、変なヤツはいなくなったぞ。もう大丈夫だから牛舎に戻ろう」

「ンモー！」

「なあ、頼むよ。いい子だから落ち着いてくれ。変なヤツは俺がぶっ飛ばしておいたから、な？　お姫様の手を煩《わずら》わせるまでもないから」

「ンモ……」

根気強く宥め続けたら、ようやく牛の動きが落ち着いてきた。

これ以上暴れられたら、こちらの体力が尽きてしまうところだった。

「……よしよし、もう大丈夫だな？　このまま帰れるか？」

「ンモー」

「うん、いい子だ。さ……牛舎はあっちだぞ」

牛はくるりと向きを変え、おとなしく牛舎に歩いて行った。今まで暴れていたのが嘘のようだった。

「はあぁ……」

どっと汗が噴き出してくる。牛と格闘するのは本当に命懸けだ。怒鳴ったり叩いたりするわけにはいかないから、余計に気を遣う。

（で、あの男は……）

藁山の方に顔を向ける。バケツを被らされた男は、蹴飛ばされた衝撃で目を回しているみたいだった。

（ったく……）

湧いてくる怒りを何とか抑え、ライムはその男に近づいた。

「……大丈夫ですか？」

バケツを取り外し、肩を揺すって声をかける。

男はハッとしたように目を開けると、何事かとキョロキョロ周りを見渡した。

「さ、さっきの暴れ牛は⁉　ボクは一体何をしていたんだ⁉」

「……あなたは今まで気絶していたんですよ。先程の牛は牛舎に帰しました」

「なんだ、そうですか。あー、よかった。危うく牛に殺されるところでした。まったく、勘弁してくださいよ」

いや、お前のせいで牛が怒ったんだけどな……と、心の中でツッコむ。

これ以上話していても疲れるだけなので、ライムは淡々と告げた。

「今日のところはお引き取りください。あなたに売れるミルクはありませんので」

「えっ？　ないんですか？　予備のミルクとか、置いてあるでしょ」

「ありません。あなたがひっくり返したものが、今日売るはずのミルクだったんです。なので、早々にお引き取りを」

「なんだよ！　せっかく本土から来たのに！」

男は逆ギレのように立ち上がった。全身ミルクまみれで細かい藁もくっついており、結構悲惨な状態になっている。

「ただミルクを買いたかっただけなのに、とんだ目に遭ったじゃないですか！　ボクがこんなことになったのは、全部あなたのせいですからね！　このことはご主人様に報告させていただきますっ！」

そんな捨て台詞を吐き、使用人の青年は逃走して行った。

こちらはミルクを台無しにされたのに、何故そこまで言われなければならないんだ。理不尽な……。

「ライム、だいじょうぶ？」

「なんだよ、あいつ。ムカつくな。おれがキックしてやればよかった」

リューとミリィがこちらの様子を窺ってくる。

ライムはあえて笑顔を作り、平静を装った。

「いや、いいよ。俺は怪我してないし、壊れたところもない。ミルクはなくなってしまったが……まあ、夕方の搾乳もあるしな。そんなに損失はないさ」

本当はミルク代を弁償して欲しいくらいだが、正直、これ以上は関わりたくない。もう二度と来ないでくれるなら、今回の件は水に流そう。

「それにしても、なんでシロちゃんおこりだしたの？　さっきまでおとなしくしてたのに」

「知らない人が急に大声出して牧場に入ってきたからだよ。牛はもともと臆病《おくびょう》で、音に対しても敏感なんだ。だから、あの人を敵だと思って攻撃しようとしたんだと思う」

もっとも、「ミルク泥棒」という意味では敵という認識は間違ってはいないが。

「きみたちもよく覚えておくんだぞ。牛が興奮している時に、大声を出してはいけない。叫びたくなるのはわかるが、叫んだら余計に牛が暴れてしまう。だから落ち着いて、いつも通り声をかけるんだ。それでもダメな時は逃げていい。あとは俺が何とかする」

「お、おう……わかったぞ……」

「さ、そろそろご飯にしよう。オムレツとパンケーキだっけか？　すぐ作るから待っててくれ」

ライムは子供たちとログハウスに入り、キッチンでオムレツとパンケーキを作った。

無駄に体力を消耗《しょうもう》してしまったせいか、今日の昼食はいつもより美味しく感じた。

6

それから一週間後。ライムはサティーヤの屋敷を訪れていた。

「はい、今週のミルクだ」

玄関付近に、大きめのミルク缶をドンと置いてやる。

ちょうど外に出ていたサティーヤは、笑顔で礼を言ってきた。

「わー、ありがとう！　ライムのところのミルクは美味しいから大好きだよ」

「それはよかった。最近はミルクの出がよすぎるからな、どんどん飲んでやってくれ」

一週間に一回のペースで、ライムはサティーヤにミルクのお裾分けをしている。

本当はここまで頻繁にお裾分けする義務はないのだが、今はミルクが余りに余っているので、なるべく消費して欲しかったのだ。

（このままだと、余った分を全部廃棄《はいき》することになっちゃうからな……）

この世界には家庭用の冷蔵庫などないので、ミルクは基本的に常温保存となる。

一応サティーヤは屋敷の裏に小さな氷室を持っているらしいが、そんな設備を持っているのは島内でもサティーヤのみだ。

なので、搾乳したミルクはその日のうちに売り歩かなければならない。けれど、島民もその日のうちに使い切れる分しか購入してくれないので、結果的に大量の売れ残りが発生してしまう。

さすがにそれら全てを廃棄してしまうのはもったいなさすぎるので、近いうちに新しい商品の開発に挑戦してみようかと考えてはいた。原料の生乳はたくさんあるので、そこから加工できる乳製品もそれなりの種類に上るだろう。

ただ、イーデン王国の文明レベルで現代日本並みの商品開発ができるか……と言われれば、それも微妙だった。

単に加熱するだけとか、材料を加えて混ぜるだけとかならまだしも、オーブンが必要な焼き菓子だったり、冷やし固めるアイスなどはさすがに難しい。

これが宮廷料理人とかだったら上手く調理できるのかもしれないけれど、生憎ライムはごく普通の家庭料理しか作れない。

（とりあえず、最初は加熱するだけで出来る生キャラメルでも作ってみるか……）

生キャラメルの材料はミルク、砂糖、バターのみ。ひたすら鍋で煮詰めれば作れるので、何なら殺菌作業と並行できそうだ。

どうせ廃棄してしまうなら、試作してみる価値はあると思う。

「なあ、サティって氷室持ってるんだったよな？」

「うん、持ってるよ。それがどうしたの？」

「それ、よかったら俺にも使わせてくれないか？　商品開発をする時に、使いたくなるかもしれないんだ」

「商品開発って？　牧場で何か作るの？」

「ほら、今ミルクが大量に余ってるだろ？　このまま捨てるのはもったいないから、他の食品に加工できないか考えてるんだ。お菓子やチーズを作れれば、嗜好品《しこう》としても重宝すると思って」

　そう言ったら、サティーヤは目を輝かせた。

「わ！　それはすごくいい考えだね！　お菓子ならお茶のお供にもいいし。他の島民にも分けてあげたら、きっと喜ぶよ」

「だろ？　それで、商品の試作中に氷室を使いたくなることがあるかもしれない。その時は、しばらくの間商品を置かせて欲しいんだ。レンタル料がかかるなら、いくらか支払うからさ」

「いやいや、そんなケチなこと言わないって。どうぞ好きなだけ使ってください。どうせ今はたいしたもの保管してないし、美味しいお菓子が出来上がるなら氷室も喜ぶでしょ」

　サティーヤが二つ返事でＯＫしてくれたので、ライムは内心でガッツポーズをした。

（よかった。これで冷蔵庫の代わりは確保できたな）

貴重な氷室を自由に使えるのはとても助かる。ここは有効活用させていただこう。

「それともうひとつ。砂糖をちょっと多めに分けてくれないか？」

「ああ、砂糖ね。お菓子作りに必要なの？」

「うん。いろいろ試作していたらすぐになくなりそうだし、少し余裕を持って確保しておきたいんだ」

「はいはい、わかったよ。じゃあ裏の食料庫から持ってって。屋敷の裏口を出てすぐのところにあるからさ」

領主様の了承を得られたので、ライムは早速屋敷の食料庫から砂糖の袋をふたつほど持ち出した。

（ていうか、サティの食料庫は宝の山だな……。さすがは領主様というか……）

平民にとっては高価な砂糖のみならず、コーヒー豆やカカオ豆、ハチミツや珍しい茶葉、スパイスなど、様々なものが棚に陳列されている。もちろん小麦粉も大量にあるし、何故か米俵らしきものまで奥に積み重なっていた。

一体どこで手に入れたのかと少し驚いてしまったが、これだけたくさんの食料があればお菓子作りの材料に困ることはなさそうだ。

ライムは改めてサティーヤに礼を言った。

「ありがとう。また何か必要なものが出てきたらお願いにくるよ」

「はーい。お菓子ができたら僕にもお裾分けしてね。美味しいお茶用意して待ってるから」

「ああ、もちろん」

ライムは早速牧場に戻り、材料と道具を集めて作業場に籠もった。

必要なものはミルク、砂糖、バター。それと鍋、ヘラ。これだけでいい。

まずミルク、砂糖、バターを全部鍋に入れて火にかけた。最初なので、失敗してもいいようにミルクもカップ一杯分くらいにしておいた。

そのまましばらく加熱し続け、ミルクがふつふつ沸いて来たら焦げないようにヘラで混ぜる。

それを数分続け、加熱したミルクがとろりとしてきた時点で一度火を止めた。ミルクの色が薄茶色に変わり、混ぜた時にヘラの跡が鍋に残るくらいの硬さが目安だ。

(よし、これくらいでいいな)

とろけたミルクを浅いトレーに流し入れ、とんとんと平らにならす。それをサティーヤの氷室に持っていき、片隅に置かせてもらって冷やした。

氷室を借りる時、サティーヤは不思議そうにトレーの中身を覗いていた。

「何これ？　薄茶色の液体……というか、粘液《ねんえき》？」

「生キャラメルだよ。これを冷やしたら一口サイズに切り分けるんだ」

「そうなんだ？　僕、今までいろんなお菓子食べてきたけど、これは見たことないなぁ。ライムのオリジナルお菓子なんだね」

「……まあ、そんなところだ」

正確には自分のオリジナルではなく、前世の知識を少し拝借しただけである。

この生キャラメルは「ふじさわ牧場」で売られていた商品のひとつで、お土産に人気の一品だった。ちょっとしたおやつにもぴったりなので、かなりのヒット商品だった覚えがある。

（まあ、これに関しては作るのも簡単だしな。次はもっとたくさん作って冷やしに来よう）

そう思って牧場に戻ろうとしたら、サティーヤが上機嫌で話を振ってきた。

「ね、他に作れそうなお菓子はないの？」

「他に……？」

「うんうん。だってライムのところには、ミルクも卵もバターもふんだんにあるじゃない？　それだけの食材を好きなだけ使えるって、滅多にない環境だからさ。何を作ってくれるか、すごく楽しみなんだよね」

「あー……そうなのか」

「そ。本土では卵とバターとクリームをたっぷり使ったパンみたいなケーキが流行《はや》ったことがあるけど、あれは美味しかったな。今ならそれも作れるんじゃない？　材料は十分に揃ってるんだし」

「……材料があってもレシピがわからなかったら作れないけどな。でも、そのパンみたいなケーキってどういうものなんだ？」

「んーと、確かこういう……」

そう言ってサティーヤは仕込み杖から紙を引き抜き、胸ポケットに刺さっているペンでサラサラと落描きをし始めた。

スキルの説明をしてくれている時も思ったが、この領主様は意外と落描きが上手い。

「こんな感じの丸いケーキで、間にクリームが挟まってたんだ。材料からして、かなりの贅沢品だったことは間違いないね」

「？　これは……」

描かれたイラストを見て、おや、と首を捻る。

ハンバーガーのようなバンズの間に白いクリームがたっぷり挟まれており、バンズの上には白い粉砂糖が振りかけられていた。いかにも甘そうな見た目で、苦いコーヒーによく合いそうだ。

（これ、もしかして「マリトッツォ」か？　前世でも少しだけ流行っていたような……）

マリトッツォは、イタリア発祥の菓子パンである。シンプルにクリームだけを挟んだものから、いちご等のフルーツをトッピングしたもの、クリームをチョコレート味に変更したものまで、様々な種類が存在していた。

ＳＮＳ映えするという理由から日本で一時的に人気が出たものの、いつの間にか流行の波は去り、別のスイーツに置き換わっていた覚えがある。

そんなものがイーデン王国に存在していたこと自体、驚きだった。

ライムは落描きを見ながら、言った。

「作れないこともないが、かなり大変だと思うぞ？　パンを上手く焼けるかもそうだし、生クリームを泡立てるのも一筋縄じゃいかないだろうし……」

「パンならトミーさんに焼いてもらえばいいんじゃない？　あの人、小麦農家さんだし」

「い、いや、まあそうなんだが……そんな、俺が勝手にやってるお菓子の試作にまで付き合わせちゃ悪いじゃないか」

トミーは、ライムがハルモニア島に来たばかりの時に小麦粉を分けてくれた小麦農家さんである。

巨大なパン焼き釜戸も持っており、自宅でパンを焼けない人の代わりに格安でパンを焼いてくれるという業務も担っていた。いわゆるパン屋さんみたいなものだ。

気のいいおじさんなので頼めば快く焼いてくれるとは思うが、個人的な趣味で焼くパンまでお願いしてしまっていいものかどうか……。

そう悩んでいたら、サティーヤは真顔でこんなことを言い出した。

「手伝ってもらったっていいじゃない。島民は助け合って生活しなきゃ。何なら『領主様がこういうお菓子をご所望なので、パンを焼くのに協力してください』って言えばいいよ」

「ええ……？　いや、ちょっと待ってくれ。なんか話がズレてないか？　俺はもともとミルクを消費するための商品開発をしたかっただけで、別にパンを作りたいわけでは……」

「……何？　ライムは僕のためにお菓子のひとつも作ってくれないの？　僕の食料庫からたくさん砂糖持っていっておいて？　氷室も今使ってるのに？」

「う……」

「これまでもライムには、いっぱいお金をかけて優遇してきたつもりなのになぁ。僕が初めてリクエストしたお菓子ですら却下されるなんて。僕は悲しいです……しくしく」

「…………」

……何だろう、このやんわりしたパワハラは。

(これ絶対断れないヤツじゃないか。マリトッツォなんて作ったことないんだが……)

しかし、そこまで言われてしまっては「無理です」とも言えない。

ライムは仕方なく落描きを折り畳み、ポケットに入れながら頷いた。

「……わかったよ、何とか頑張って作ってみる。その代わり、あまり上手くできなくても文句言わないでくれよな」

「うんうん、もちろんだよ。楽しみに待ってるね♪」

「というか、サティがそんなにお菓子好きだとは知らなかったよ……。貴族にしては珍しいんじゃないか？」

「そうかも。でも僕は、美味しいお菓子を食べている時が一番幸せなんだ。この島は娯楽らしい娯楽なんてないから、余計に食べ物に興味が向いちゃうんだよね」

「はあ、そうなのか……」

「それに、このパンみたいな丸いケーキ……名前は知らないけど、僕にとっては思い出の味でさ」

「思い出の味……？」

「そ。母と食べた最後のお菓子だったんだ。僕に対する教育は厳しかったけど、目下の者にも気を遣える優しい人だったよ。もう亡くなっちゃったけど」

「…………」

「じゃ、お菓子作り頑張ってね。あ、氷室に入れてる生キャラメルだっけ？　あれも後で味見させてよ」

「は、はい……」

そう返事をし、ライムは今度こそ牧場に戻った。

（思い出の味か。それじゃ、ますます失敗するわけにはいかないな……。何とか再現でき

珍しく変なパワハラをかましてきたと思ったら、そういう事情があったのか。母との思い出の味をもう一度味わいたいという気持ちは、ライムにも理解できる。

今回は一人の友人として、サティーヤの願いを叶えてあげようじゃないか。

（さてと、まずは材料集めだな……）

余ったミルクを作業場に運び、一緒に小麦粉や砂糖、卵やバター等も作業台に並べる。

作り方はイマイチよくわからないけど、パン生地さえできればあとは生クリームを用意するだけでＯＫのはずだ……多分。

一通り材料を揃えて、足りないものは例の小麦農家・トミーに分けてもらうことにした。特にドライイーストは、この小麦農家しか持っていないのだ。

「すみません、トミーさん。ドライイースト、少し分けていただけませんか？　こちら、お裾分けのミルクです」

物々交換よろしく、ミルクを入れた大きな缶をドン、と床に置く。

するとトミーは朗らかに笑い、家の奥からドライイーストの小袋を持ってきてくれた。

「ほらよ、コイツがドライイーストだ。あんたんとこのミルクには世話になってるからな、必要な時はいつでも言いな」

「ありがとうございます。あと、パン生地を上手くこねるコツって何かありますか？　あれば教えていただきたいんですが……」

「あー、そうだな。やっぱり生地を休ませる時間がポイントなんじゃねぇか？　こねた生地を休ませると、最初より大きく膨らんでくるからさ。それによって、焼いた時の硬さが決まるんだよな。よりふわふわにしたいなら、生地はたくさん休ませた方がいいぜ？」

「なるほど、わかりました」

「にしても、なんで急にパンなんか焼こうと思ったんだ？　あんた、食事はフライパンでパンケーキ焼く方が多いよな？」

これも田舎あるあるなのか、各家庭の食生活はみんな当たり前のように知っている。

ライムは特に抵抗はないが、こういった田舎特有の「プライバシー？　何それ、美味しいの？」みたいな環境が苦手な人もいるだろう。

美味しい食べ物が豊富にあるハルモニア島だけど、そんな島の生活も合う・合わないが顕著《けんちょ》なのである。

ライムは内心苦笑して、答えた。

「実は領主様に、とあるお菓子をリクエストされまして。お母様との思い出の味だそうなので、今からそれを作ってみようと思っているんです」

「へー、そうなのか。具体的にどんなお菓子なんだ？」

「ええと、こういう丸いパンの間にクリームを挟んだお菓子ですね」

サティーヤが落描きした紙を見せる。

するとトミーは片眉を上げて、言った。

「へー……これまたおしゃれなお菓子だねぇ？　領主様は思い出もおしゃれなんだな」

「ですね。ちなみにこれ、卵やバターがふんだんに使われているお菓子で、かなりの贅沢品だったみたいですよ」

「だったらこのパンは、アレだよ、ブリ……何とかっつーパンに違いねぇよ。オレらは滅多に食べないけど、本土の貴族たちはこういう贅沢なパンを食べてるって聞いたことあるぜ？」

「ブリ……」

もしかしてブリオッシュのことだろうか。上流階級者が食べるおしゃれなパンで、卵とバターがたくさん使われているものと言ったら、それくらいしか思いつかない。

（なるほどな。どういうパンかわかっているなら、何となくでも作れるかもしれない）

ライムは丁寧にお礼を言って、トミーの家を離れた。

目的のドライイーストが手に入ったので、早速エプロンをつけて作業場で試作を始めた。

まずはブリオッシュの生地を作ることからだ。

金属製のボウルに小麦粉、砂糖、塩をちょっぴり入れて混ぜる。

その後、更にドライイースト、ミルク、卵を入れ、ダマにならないようによく混ぜた。

ダマが消えるくらいよく混ぜたら、残りの小麦粉を全部入れて、ざっくり混ぜる。

その後、台の上に生地を全部出し、こすり付けるように手のひらでこねた。最初はかなりベタついて手のひらにくっついてきたが、生地がなめらかになるまで一心不乱にこねまくった。

「ライム、さっきからなにしてるの？」

作業場で熱心に生地をこねている様子を見て、子供たちが寄ってきた。

ライムは手を動かしながら、簡単に説明した。

「お菓子だよ。サティが『思い出のお菓子が食べたい』ってリクエストしてきたから、今作っているところなんだ」

「そうなのか？　ボスがそんなリクエストするなんてめずらしいな」

「そうだな。初めてのことかもしれない」

「ボスのおかし、ミリィたちもたべられる？」

「うーん、余ったら食べられるかもしれないけど、そもそも上手く完成するかもわからないからな。きみたちには、さっき作った生キャラメルをあげるよ」

「『なまきゃらめる』ってなんだ？」

「ミルクを加熱して作るお菓子さ。材料を混ぜて火にかけるだけでできるから、作るのも簡単なんだ」

「そうなの？　ミルクだけでそんなおかしがつくれるなんて、すごいのね」

「ああ、ミルクはいろんな食べ物に加工できるんだ。いつも使っているバターもそうだな」

「おう、ミルクをかんにいれておもいっきりふるとできるヤツな。おれ、あれすきだぜ」

朝食のパンケーキに塗るバターは、もちろん牧場の自家製である。

作業場でミルクを低温殺菌している傍ら、ミルク缶に入れたミルクをひたすら振りまくってバターを作っているのだ。

だいたい一〇～二〇分くらい振れば乳脂肪分が分離してバターの元ができるので、それをザルで漉し、必要なら少し塩を振って加工しているのである。

ちなみに、この時分離した液体の方は「バターミルク」と呼び、いわゆる低脂肪牛乳に近いものとなる。こちらもあっさりしていて美味しいので、普段の濃厚なミルクが胃に重いなという時に飲んでいた。

子供たちはライムの手元を覗き込みながら、興味深そうに言った。

「牛さんのミルク、いろんなものにへんしんしてすごいなー。ミリィももっと、いろんなものつくれるようになりたい」

「時間があったらいろいろ教えてやるよ。それこそ、生キャラメルなんかは普段の殺菌作業と一緒にできるぞ」

「お？　てことは、じぶんでおかしがつくれるってことか？　それはうれしーぞ。これでおやつにこまらなくなるな」

「そうだな。……さ、きみたちはもう少し仕事をしてきてくれるか？　仕事が終わったらお菓子のご褒美が待ってるぞ」

勇んで作業場を飛び出していく子供たちを見送り、ライムは生地をこね続けた。

そのまま二〇分以上こね、生地が手のひらにくっつかなくなったところで、満を持してバターを加える。

バター特有のベタつきと格闘しつつしっかりこねて、生地がまとまってきたら台に生地を叩きつけてこね、まとめて、また叩きつけて……を繰り返した。

この工程を一〇分以上行い、いい加減腕が疲れてきたところで生地をまとめてボウルの中に戻す。そして薄い布を被せ、室温のまましばらく放っておいた。これがパン生地の発酵である。

ここまでで上手くいっていれば、生地が二倍くらいに大きく膨らんでくるはずだ。

（まともにパンを作ろうとすると、結構大変だな……。パンケーキの方が数倍楽だわ……）

長時間こねなくていいし、と心の中で呟く。

今回はサティーヤのお願いだから頑張るつもりでいるけれど、毎日同じことをやるのはしんどすぎる。

仮に大量のミルクを消費できるレシピが開発できたとしても、あまりに時間と手間がかかるものだったら、商品化するのは現実的ではないなと思った。

（まあ、何にせよ一度は試してみないとわからないよな。それで何が商品にふさわしいか、だんだんわかってくるはずだ）

今回はあくまで試作だ、試作。

そう自分に言い聞かせ、生地を休ませている間に小さなミルク缶でバターを作った。

ライムの牧場で採れた生乳は殺菌作業のみで販売しているので、所謂「ノンホモジナイズ牛乳（ノンホモ牛乳）」となる。ノンホモ牛乳というのは均質化処理をしていない牛乳のことで、本来の搾りたての牛乳に近いというメリットがあった。

ちなみに均質化処理というのは、流通の間に品質が変わらないよう、生乳に圧力をかけて攪拌《かくはん》する処理のことである。こうすることで乳脂肪球が細かくなって成分が均一になり、品質が一定になって長持ちしやすくなるのだ。前世のふじさわ牧場では、殺菌作業と一緒に行っていた。

だがここイーデン王国にはそういう技術がないので――生乳に圧力をかけたり攪拌したりするのは不可能だから、必然的にミルクは全て「ノンホモ牛乳」となる。

ノンホモ牛乳だと一定時間振るだけでバターが作れるため、加工の際はこちらの方が便利なくらいだった。

毎回ミルクを振りまくるのは大変だが、手が空いている時は子供たちも一緒にミルクを振ってくれる。慣れてしまえば、バター作りそのものはさほど苦ではなかった。

（普通のミルクだけじゃなく、今後はバターを売り歩くのもひとつの手かもしれないな。低脂肪牛乳と一緒に、商品のラインナップに加えてみるか）

そんなことを考えながらミルクを振り続け、缶を開けて分離した脂肪分をザルで漉《こ》す。水分をよく切り、少しだけ塩を加えれば手作りバターの完成だ。

「さて、パンの方は……？」

改めて生地を確認したら、先程より明らかに大きくなっていた。

どのくらい膨らめばいいかわからなかったが、元の生地の二回り以上は膨らんでいたから、これでＯＫなのではないだろうか。

（ええと、次は適当な大きさに分割して……）

六等分にした後、手のひらで生地を薄くして中に溜まっているガスを抜く。

その後、生地の表面にハリが出るよう綺麗に丸めた。

丸くした生地を全て天板に並べ、また薄い布を被せて常温で放置する。これが二次発酵というやつだ。

「さて、と……」

いよいよメインの生クリーム作りだ。これが上手くいくかどうかで、マリトッツォの美味しさが変わってくる。

生乳から浮き出た生クリームを金属製のボウルに入れ、そこに砂糖を加えて泡立て器でよく混ぜた。無心になってひたすら混ぜる。混ぜる、混ぜる……。

「……はぁ」

早速右腕が疲れてきて、左腕に持ち替えて泡立て器を動かした。

（……今更だが、文明の利器って素晴らしかったんだな）

特に電動の泡立て器。あれは本当に神アイテムだった。こうして手で泡立て器を使っていると、余計にそう思う。

あれがあれば、生クリームを作るのもそんなに苦労しないのになぁ……。

というか、サティーヤは一体どうやって生クリームを作っているんだろう。初めてお茶に誘われた時もお菓子に生クリームが添えられていたが……全部自分で用意したと言っていたから、あれも彼の手作りなんだよな、きっと……。

お菓子のトッピングのためだけに、こんな手間のかかる生クリームを作っているなんて、普通に尊敬してしまう。

軽く溜息をつき、もう一度気合いを入れてクリームの硬さを調整した。生クリームは泡立て器を動かせば動かすほど硬くなるので、作りたいお菓子によって硬さを決めなければならないのだ。

今回作るのはマリトッツォだから、パンに挟んだ時に形が崩れないよう、ちょっと硬めのクリームにしなければならない。まだまだ緩いから、もっと掻き混ぜないと……。

（ちょ、ちょっと休憩……）

どちらの腕も疲れてきたので、ライムは一度ボウルを置いた。

ついでに寝かせておいた生地を確認したら、ふっくらといい感じに膨らんでいた。クリームを挟むにはちょうどいい大きさだ。

これならばと思い、溶き卵を表面に塗って天板ごとトミーのところに持っていく。

「すみません、トミーさん。こちらのパンを焼いていただけませんか？」

「おう、お安い御用だぜ。焼き色がつくくらいでいいよな？」

「はい、それで大丈夫です。一〇分くらいしたら取りに来ますので、よろしくお願いします」

生地をトミーに預け、牧場に戻り生クリーム作りを再開する。

一心不乱に泡立て器を動かし続け、何度も硬さを確かめて、「このくらいかな」と思える状態に仕上げた。

その後、時間になってトミーのところにブリオッシュを取りに行ったら、思った以上に美味しそうに焼けていたので涎《よだれ》が出そうになった。

「なかなか上手く焼けたぜ。やっぱ美味いパンは匂いからして違うよな」

と、トミーも胸を張っていた。

代金を払って礼を言い、ライムは牧場に戻った。

焼きたてのブリオッシュを斜めにカットし、完成した生クリームを挟んでいく。はみ出した分はナイフを使って丁寧に削ぎ落とした。

最後に粉砂糖を表面に振りかければ、シンプルなマリトッツォの完成である。

（よ、よし……何とか形にはなったぞ……）

ライムは額の汗を拭った。

時間はかかってしまったものの、それっぽいものはできた。サティーヤが求めている思い出の味かどうかはわからないけれど、一応報告はしに行こう。生キャラメルもいい感じに冷えているだろうし。

リューとミリィに「サティの屋敷まで行ってくる」と言い置き、ライムはマリトッツォを持って屋敷を訪れた。

ついでに氷室を覗き、冷やしていた生キャラメルのトレーを出してくる。荒熱はすっかりとれ、冷蔵庫で冷やしたみたいにひんやりしていた。

「サティ、できたぞ」

「……えっ？　本当にできたの？」

バルコニーのテーブルに、完成したお菓子を並べてやる。

問題のマリトッツォを見た瞬間、サティーヤは目を丸くし、すぐにぱあっと顔を輝かせた。

「わあ！　すごいすごい！　まさか本当にできるとは思わなかった！　何なの？　ライムって天才？」

「……お褒めに預かり、光栄です。でもそう頻繁に作れるものじゃないぞ、これは。今回は頑張ったけど、さすがに時間と手間がかかりすぎる」

「でもリクエストに応えてくれて嬉しいよ。早速お茶淹れてくるね」

「それならついでに、包丁持ってきてくれると嬉しいな。キャラメルを切り分けたいんだ」

サティーヤは大喜びで屋敷の奥に引っ込み、すぐさまワゴンを押して戻ってきた。お茶の他に、頼んだ包丁もきちんと持ってきてくれた。

「ふふ、じゃあ早速いただこうかな。ライムもお茶飲んでいいからね」

サティーヤが、ナイフとフォークでマリトッツォを切っている。

随分お上品な食べ方だな……と思いつつ、ライムは冷えた生キャラメルを包丁で切り分けた。それを三つほどサティーヤの皿に乗せてやり、自分でもひとつ味見してみる。

やや油っぽい気もするが、味そのものは悪くない。次からはバターをもっと少なくしてみよう。

口直しに紅茶を一口飲んだら、茶葉の爽やかな風味と生キャラメルのミルクっぽさがマッチしてより美味しく感じた。シンプルな紅茶は、生キャラメルの濃厚な甘さとよく合うようだ。

（これは貴族のティーフードとしても人気が出るかも）

一方のサティーヤは、切り分けたマリトッツォを口に運んでいた。

一瞬衝撃が走ったような顔をし、その後じわじわと頬を緩ませ、最終的にちょっと瞳を潤ませていた。

「……ああ、これだ。あの時のお菓子もこんな感じだった。ありがとうライム、本当に美味しいよ」

「よかった。喜んでもらえたなら俺も頑張った甲斐《かい》があるよ」

「というか、もしかしたら食べたものより美味しいかもしれない。あの時は、ここまで濃厚な味はしなかったし」

「……そうなのか？」

「うん。当時、母はもう余命わずかで、『自分は長くないから、好きなものを好きなだけ食べたい』みたいに開き直ってたんだよね。それである時、料理人に貴族の間で流行ってたコレをリクエストしたんだ。でも僕は『普通のケーキは胃に負担がかかるから』って、料理人にあっさり系のクリームにするようお願いした。あの時はそれが母のためだと思ってたけど……その気遣いが本当に正しかったかは、ちょっとわからないんだよね。このケーキを食べて一週間後に母は亡くなっちゃったからさ」

「…………」

「だから、今でもちょっとだけ後悔してるんだ。どうせなら、母のリクエスト通りにしてやればよかったなって」

「…………」

「これ、もうひとつもらっていい？　母の写真の前に飾っておきたいんだ」

「ああ、もちろん」

心底嬉しそうに、サティーヤは別の皿にひとつマリトッツォを取り分けた。

それを見たら、ライムも少しだけ涙が出そうになった。

教育は厳しくても、サティーヤにとっては本当にいい母親だったんだな……。

「あ、ごめんね。ちょっと湿っぽくなっちゃった。とにかく、このケーキはすごく美味しいよ。作るの大変だろうけど、一年に一回でいいからまた作って欲しいな」

「……わかった。ちなみに、そのお菓子の名前は『マリトッツォ』な。ケーキというより菓子パンに近いんだ」

「へえ、そうなの？　名前がついてるなんて全然知らなかったよ。ライム、物知りだねぇ」

「……たまたま知ってただけだよ。あと少し疑問に思ったんだが、サティはいつも生クリームをどうやって作っているんだ？　何かコツがあるなら教えて欲しいんだが」

「え？　錬成釜に材料入れているだけだけど？」

「……はい？」

錬成釜？　何だそれは？　聞いたことがないのだが。

首をかしげていると、サティーヤは屋敷の奥に引っ込んで、すぐに小振りの入れ物を持って戻ってきた。

アンティークな雰囲気のラウンド型小物入れで、大きさはだいたい十センチくらい。上部に蓋がついており、中は完全な空洞になっていた。

「？　これが錬成釜なのか？　これでどうやって生クリームを作るんだ？」

「必要な材料を中に入れるだけ」

「……え、それだけ？」

「はい、それだけです。で、蓋を閉めてしばらく待てば、生クリームになってるんだ」

「そ、そうなのか？　そんな簡単に生クリームが作れるなんて……」

なんだか、自分の努力が無駄になったような気分だ。これがあるなら、一心不乱に生クリームを泡立てる必要なかったじゃないか。

複雑な顔をしていたら、サティーヤは慰めるように笑ってきた。

「でもこれ、あまり大量の生クリームは作れないんだよ。本当に、クッキーやスコーンにちょっとつけるくらいの量しかできない。だからこの菓子パン――マリトッツォだっけ？　これを作るのに必要な量は作れないよ」

「そ、そうか……それは残念だな。生クリームが簡単に作れれば、マリトッツォも苦労せず作れると思ったんだが」

「残念だけど、そこまでの汎用性はないんだ。一応もっと大きい錬成釜もあるけど、そっちはもう……とんでもなく高価だからね。というか、魔法具は基本的に高いのばっかりだから、さすがの僕もおいそれと手が出せなくて。あると便利なのはわかってるけど、そう簡単に買ってあげられないんだ。ごめんね」

「あ、ああ……それなら仕方ないな」

気を取り直し、ライムは切り分けた生キャラメルも勧めてみた。

「せっかくだから、こっちの生キャラメルも食べてみてくれ。感想を聞かせて欲しい」

「ああ、氷室で冷やしてた粘液ね。どれどれ……？」

皿に乗せられたキャラメルをひとつ摘まみ、口に放り込む。

食べた瞬間、サティーヤは「おや？」と首をかしげ、口の中で何度か咀嚼《そしゃく》して味わった後、軽やかな笑みをこぼした。

「おお、こっちも美味しい！　というか、意外と柔らかいんだねコレ。もっとカチカチかと思ってたけど、口に入れた瞬間とろっと溶けていくの。こんな触感初めてかもしれない」

「見事な食リポありがとう。そしたら、もっと味を改良して本格的に商品化してみようかな」

「いいね。手軽に口に入れられるし、チョコレートに代わるお菓子として貴婦人の間で人気になるかもしれない」

「だよな。そしたらまずは、島民向けにちょっと作って販売してみるか」

「それはいいけど、これ一粒いくらで売るつもり？　うちの島民が気軽に買える値段にはならないんじゃないの？」

「……えっ？　それは……まだちゃんと考えてなかったけど、格安で販売すればおやつとしてはちょうどいいんじゃないか？」

そう言ったら、サティーヤはやや呆れた目をこちらに向けてきた。そして諭《さと》すようにこんなことを言ってきた。

「あのねぇ……お菓子を売るなら最低限、原価くらい計算しなきゃダメでしょ。しかもこれ、砂糖いっぱい使ってるし。少なくとも、きみが持って行った砂糖分の元はとれる値段にしてもらわないと困っちゃうよ。あれだってそれなりの値段するんだからね」

「は、はい……すみません……」

「まあ、島民にお裾分けするつもりで作るなら値段はつけなくていいけどさ……本気で売るつもりなら、ちゃんとした値段つけてよね。原価だけじゃなくて、時間と手間も加味した値段をつけること。……まあそれ計算したら多分、ターゲットは裕福な人だけになっちゃうけど」

「…………ハイ、ソウデスネ……」

痛いところを突かれ、ライムは返す言葉を失った。そんな細かいことまで考えていなかった。

（ダメだ、やっぱり商売は苦手だ……）

サティーヤの言う通り、砂糖はそれなりの貴重品である。平民がジャンジャン使える代物《しろもの》ではない。

それを踏まえて生キャラメルの原価を計算した場合、この時点で結構な高級品になる気がする。更にそこに手間賃などを加えたら、値段は更に跳ね上がるだろう。

となるとサティーヤみたいな裕福な上流階級者しか購入できない商品となり、とてもじゃないが島民に売り歩くのは不可能……ということになってしまう。

それ以前に、そもそもの目的は「余ったミルクを消費すること」なのだ。消費のために作った商品が売れなかったら結局それも廃棄することになり、本末転倒である。

やはり一番は、本土の貴族たちに売りつけること。これしかない。

（でも、現状俺が船に乗って本土に行くわけにはいかないからな……。代わりのスタッフがいれば、話は違うんだが……）

チラリとサティーヤに視線を送る。

美味しいもの好きの領主様は、マリトッツォと生キャラメルを平らげ、紅茶も飲み干してかなりご満悦のようだった。

言うだけならタダの精神で、ライムはちょっと聞いてみた。

「なあサティ、本土の貴族たちにこのキャラメルを売る方法はないかな。キャラメルじゃなく、普通にミルクでもいいいんだが」

「本土の貴族に？」

「ああ。やっぱり島内で商売するには限界があると思うんだ。俺が本土まで売りに行ければいいんだが、子供たちをずっと留守番させておくのも心配だろ？　だから、何かいい方法はないかなと思って……」

「あー……うん、そうだねぇ……」

サティーヤが顎に手を当てて考え始める。

自分の牧場のことなんだから、自分で何とかすべきだとは思うものの、営業や販売に関しては前世の自分も苦手だった。

いち平民では貴族とのパイプもないし、自力で商品を売りに行くのも難しい。

領主様の力を借りまくるのも申し訳ないが、ここは助力を乞いたいところだ。

「うーん……まあ、ちょっと考えておくよ。貴族の友達はだいぶ減っちゃったけど、力になってくれそうな人はいるしね」

「ありがとう……。いろいろ頼っちゃってごめんな」

「いいよ。僕は基本的にライムに優しいから。それに、余っているミルクを他の貴族に売って利益が出れば、僕にとってもプラスになるしさ」

そう言ってサティーヤは新しくポットにお湯を入れ、熱々のお茶をティーカップに注いだ。

「そんなことより、ライムもお茶飲まない？　いつも仕事ばかりでお疲れでしょ？　今日は疲れがとれるように、数種類の茶葉をブレンドしてみたんだよ」

「あ、えー……いや、俺はそろそろ牧場に戻ろうかと……」

「そう言わずに。せっかくだから一杯くらい飲んでいってよ。何なら子供たちも呼んで、みんなでお茶するのもいいね」

「……さすがにそれはちょっと。夕食後にうちでお茶を飲むなら別だけど」

冗談のつもりで言ったのに、サティーヤはポンと手を叩いて合点がいったような顔になった。

「あ、そっか。その手があった。よし、じゃあ今日はライムのところに泊まることにするね」

「……え。本気ですか？」

「うん、本気。せっかく作った僕専用の客室もまだ使ってなかったし。きみたちの生活を観察しながら、お泊りさせてもらうことにするよ」

「ええー……？」

「差し入れにお菓子と紅茶持っていくね。子供たち、喜んでくれるかなぁ？」

そう言って、いつものティーセットをワゴンに乗せているサティーヤ。

自分で言い出した手前断ることもできず、結局そのまま一緒に牧場に帰ることになってしまった。

リューとミリィは、最初は「なんでボスが？」と変な顔をしていたものの、差し入れられたお菓子を見たら大喜びでサティーヤを歓迎した。

（……まあいいか。たまにはこういうのも悪くない）

遊びに来たサティーヤは、ライムたちの仕事っぷりを楽しそうに見学していた。

特に搾乳は興味津々で、乳房から勢いよくミルクが出てくる様を「へぇぇ……」と感心しながら眺めていた。

7

それから更に一週間ほどが経過した。

「うーん♪　このチーズケーキもとっても美味しいね～！」

「そうか、それはよかった」

ミルクのお裾分けをするついでに、ライムは試作したベイクドチーズケーキをサティーヤの屋敷に持ってきていた。

このチーズケーキは、クリームチーズをベースに作ることができる簡単なものである。

金属製のボウルにクリームチーズと砂糖、卵、小麦粉を加えて混ぜ、更に生クリームとレモン汁も加えてよく混ぜる。

その後、砕いたビスケットを溶かしバターと混ぜ、ケーキを焼く型に土台として敷き詰めて、混ぜたチーズケーキの元を流す。

それを、竈《かまど》で様子を見ながら焼けば完成だ。

ちなみに、使用しているクリームチーズはもちろんミルクを原料に作ったものである。

ミルクと生クリームを鍋に入れ、いつも殺菌している要領で五〇～六〇度くらいに温めながらレモン汁を加えてしばらく待つ。すると、だんだん水分と固形物が分離してくる。その後布巾を敷いたザルに流し入れ、水切りをすればクリームチーズの完成だ。材料を混ぜて放置すればいいだけなので、バターを作るより楽なくらいである。パンに塗っても美味しいから、加工せずそのまま塗って食べることもあった。

一階のバルコニーでケーキを味わっていたサティーヤは、満足げに言った。

「ライムってば、どんどん美味しいお菓子を開発しちゃってホントにすごいなぁ。やっぱり天才なんじゃない？」

「ありがとう……。その代わり、砂糖はどんどん減っていくけどな。いただいた砂糖も使い切っちゃったし、当分お菓子作りはお預けだ」

「うーん……そうか。やっぱり、誰かにサトウキビを作ってもらうしかないのかな。新しく誰かが移住してきたら任せてみようかね」

「そうだな。砂糖が気軽に使えるようになれば、より一層食生活が豊かになる」

そう答える一方で、ライムの頭には別の懸念がよぎっていた。

（でも、食材が採れすぎてしまうのは逆に問題なんだよな……）

これでも毎日バターやクリームチーズを作っているのだ。

だがそれでも追い付かないくらい生乳の出がよく、これ以上はどんなに頑張っても消費しきれない量になってしまっている。

　廃棄分を減らすには島外に売りに行くしかないが、さすがに毎日船に乗って出掛けるわけにはいかない……というのが現状だった。

　これは他の農家さんも同じようなもので、最近は「野菜が採れすぎて困ってるから、あんたもらってくれ」とタダでお裾分けされることも増えた。それだけ良成長スキルの効果は絶大ということだ。いいのか悪いのか……。

「ところでライム、このトウモロコシ持って行かない？」

　サティーヤがトウモロコシを差し出してくる。

　屋敷の庭には、他の農家からお裾分けされた野菜が山のように積み上げられていた。裏の食料庫にも入りきらず、どう処理すればいいかもわからなくて、ここに放置してしまっているらしい。

　やはりサティーヤも、豊作の影響をもろに受けているようだった。

「こんなにあっても、僕一人じゃ食べきれないからさ。せっかく農家さんが作ってくれた野菜を腐らせるのももったいないし、ライム持ってってよ」

「いや、うちもかなりの量お裾分けもらってるから……。これ以上はうちだって食べ切れないよ」

「だったらホラ、牧場のお姫様たちにあげればいいじゃない？」

「お姫様の餌は、栄養価とかをいろいろ考えて微調整してるんだよ。余った野菜を適当にあげればいいってもんじゃないんだ。そんなに余るなら、干し野菜や漬物《つけもの》にしてみたらどうだ？　俺はそうしてるぞ」

「うーん……そういうのはやったことないんだよなぁ。ライムの方が詳しそうだし、きみのところで加工してきてくれない？」

「……いいけど、野菜の加工だったら野菜農家さんの方が詳しいと思うんだが」

そんな会話をしていたら、門のところから見知らぬ男性が入ってきた。

「おーい、サティいるか？」

「……ん？」

その男性はサティーヤ同様、明らかに貴族然とした格好をしていた。長身で肩幅もしっかりしており、爽やかな雰囲気を醸し出している。見たところ、ライムより三、四歳ほど年上のようだった。

「えっ、ロディ……？」

彼に気づいたサティーヤが目を丸くした直後、パッと破顔する。

小走りで彼に近づき、挨拶代わりに軽くハグしていた。

「久しぶりー！　やっと来てくれて嬉しいよ。遠路はるばるお疲れ様」

「悪いな。仕事が忙しくて、なかなかスケジュールが空けられなかったんだ。でも何とか都合がついたから、急遽来てみた。アポなしだけど、お前さんの島だし……いいよな？」

「いいよいいよ。来てくれるだけでも嬉しい。何にもないけど、ゆっくりしてってね」

「そのつもりだ。……にしても、なんだこの野菜の山は？　お前さんのところは相変わらず食べ物が豊富だな」

「そこが僕の島の自慢だよ。最近は作物の出来がよすぎて、むしろ余っちゃうくらいなんだ」

「マジか。いいなぁ……食べ物に困らない生活ってのは、それだけで余計な悩みが減るぜ」

ロディとやらが、山積みになった野菜を手にする。先程サティーヤに押しつけられそうになったトウモロコシだ。

（へぇ……サティの貴族の友達なんて初めて見たな）

ハルモニア島にいると他の貴族に接することはないが、本土にはそれなりに知り合いがいるようだ。まあ当たり前の話か。

じゃあ貴族は貴族同士で親睦《しんぼく》を深めてもらうことにして、俺は仕事に……。

「ちょっとライム、どこに行くのさ？」

こっそりその場を離れようとしたら、目ざとい領主様に腕を掴まれた。

「いや、そろそろ仕事に戻ろうかと……」

「ええ？　もう帰るの？　せっかくだしお茶でも飲んでいってよ。紹介もしたいし」

「紹介って……俺は紹介されるほどの人間じゃないんだが」

「何言ってるの。ライムはうちの島民の中で、一番自慢できる人材だよ」

「……そんな自慢されてても。それに、お茶ならこの間したじゃないか。あまり長居すると子供たちも怒るし、牛の世話も残ってるし……今日はこのまま帰ります」

「ん？　お前さん、牛の世話をしてるのか？」

そう言ったら、今度はロディが口を挟んできた。興味深そうにこちらを眺め、「へぇ」と顎に手を当てる。

「ははーん。てことは、お前さんが例の牧場の管理人だな。サティが自慢してたぞ」

「はあ、自慢ですか……」

「ああ。お前さん、良成長スキル持ってるんだろ？　うちの領地にも是非欲しい人材だ。どうだ、月一〇〇万ゴールドでうちに来ないか？」

「……えっ？　いえ、それは……」

いきなり大金で誘いをかけられて、面食らった。

いくら金を積まれたところで島を出る気はないのだが、初対面の相手が開口一番勧誘してくるということは、それだけ良成長スキルの価値が高いということである。どうりでサティーヤが優遇してくるはずだ。

やや戸惑っていると、ロディは軽く笑って続けた。

「いや、冗談だ。さすがに引き抜いたりはしないから安心してくれ。サティに恨まれる」

「は、はあ……」

「それとは別件で、お前さんに謝らなきゃいけないことがあるんだ」

「謝らなきゃいけないこと……ですか？」

「おい、入って来いよ」

ロディが門のところに声をかける。

すると、外で待っていた従者がおずおずと中に入ってきた。

その従者を見た途端、ライムは驚いて目を丸くした。

「あっ、あなたは……」

入ってきたのは、先日牧場で騒ぎを起こした例の使用人だった。彼は非常にバツが悪そうな顔をしており、ライムと目を合わせようとしない。

ロディが言った。

「こっちに来るついでに連れてきたんだ。先日はエラい迷惑をかけたみたいだからな」

「あー……まあ、はい……」

「ほら、ちゃんと謝れ。これ以上俺に恥をかかせるなよ」

ロディがそう促すと、彼は顔を真っ赤にしながら俯いた。そして土下座しそうな勢いで

くりしてしまう。

相変わらずの大声である。思わず耳を塞ぎたくなった。こんなの、牛じゃなくてもびっ
「う……」

「す、すみませんでしたぁぁ！」

深々と頭を下げてきた。

だが彼は声のトーンを落とさず、矢継ぎ早に叫んだ。

「ロデューカ様にはとてもお世話になっているので！　どうしてもミルクを持って帰りたかったんです！　ロデューカ様が『ハルモニア島のミルクいいなぁ』って仰っていたから！　少しでも役に立ちたかったんです！」

「あ、ああ、そう……」

「でも、あの後帰ったらロデューカ様にすごく叱られてしまって！　ボクがやったことでロデューカ様にまで恥をかかせてしまったと気付いて！　ボクはただ純粋に、ロデューカ様に喜んで欲しかっただけなのに！　それがあんなことになってしまって！」

「わ、わかったからもう少し声量を抑えて……」

「本当に申し訳なかったです！　ロデューカ様にも申し訳なくて、どう責任とればいいかわからなかったです！　今度こそクビになるかと思いましたが、ロデューカ様の温情でなんとかクビにならずに済みました！　ありがとうございました！　やっぱりロデューカ様

「……声がデカいわ」

「おい、なんか主旨《しゅし》がズレてるぞ。そして声がデカいわ」

ロデューカに軽く引っぱたかれ、青年はようやく口を閉じた。声が大きいのは元々だったようだ。

「……まあそういうことだ。今後は他人様に迷惑をかけないよう、教育を徹底させる。いろいろとすまなかったな。あとこれは詫《わ》びの印だ」

「はい……？」

ロデューカが懐から小さな巾着袋を取り出す。そしてこちらの手に乗せてきた。乗せられた瞬間、ジャラッと重い音がした。

びっくりして中身を覗いたら、中には数枚の金貨が入っていた。

「えっ……!? いやあの、ここまでしていただかなくて大丈夫ですよ……？ ダメにされたのはミルク一杯分ですし、お気持ちだけで十分です」

「そう言わずとっといてくれ。家人のミスは主人の責任だ。俺に出せるのはこれくらいしかないが、ちゃんとケジメはつけないとな」

「ですが……」

返そうとしたら、今度はサティーヤに止められた。

「もらっときなって。自分の領民が他の領民に無礼を働いた場合は、そこの領主が謝るのがマナーなんだからさ」

「……そういうものなのか?」

「そういうものなの。それに、施しを断られるのも貴族にとっては恥なんだよね。だから、貴族からもらえるものは素直にもらっておくのが平民のマナーだよ」

「そ、そうなのか……」

そこまで言われてはこれ以上断れず、ライムは巾着袋をポケットにしまった。

「ありがとうございます。餌や道具の足しにさせていただきます」

「ああ。これからも牧場の管理頑張ってな」

ロデューカが爽やかに笑いかけてくる。

何となく、彼が使用人に慕われるのもわかる気がした。サティーヤもそうだが、彼自身もかなり太っ腹で器が大きい。

貴族は傲慢で気難しい人が多いと思っていたけれど、彼らのおかげで随分印象が変わった。結局のところ、性格の良し悪しは身分によるものではなく、その人の人間性だということだ。

「それよりロディ、グッドタイミングだよ。今ライムが作ってくれたケーキを食べていたところなんだ。すごく美味しいから一緒に食べよう。ミルクももらったし、ミルクティー淹れてきてあげるね」

サティーヤが話題を変えてきた。ロデューカだけでなく、こちらにも声をかけてくる。

「ライムも一緒にどう？　ミルクから沸かしたミルクティー、美味しいよ？」

「いや、俺はいい。さっきも言ったけど、仕事があるし」

「えー、そう？　ライムがいた方が話も盛り上がるんだけどなぁ」

「……盛り上がらないだろ。俺は楽しい話なんてできないし」

この領主様は、ただの平民に何を期待しているのだろう。ライムはしがない酪農家だ。大道芸人ではない。

「……まあいいや。ところでロディ、今日は泊まっていくんだよね？」

「ああ。せっかく来たからな、数日はお邪魔するつもりだ」

「よかった。ちょっと相談したいこともあったんだよ。さ、入って入って」

二人が屋敷の中に消えていく。

貴族二人がいなくなったので、ライムも牧場に戻った。サティーヤに押し付けられそうだったトウモロコシは置いて帰った。

「ライム、おかえり～！」

ミリィが、作業場で大鍋を掻き回しながら言う。

子供たちには、早い段階で火の扱い方をしっかり教え込んだので、今ではライムがいなくても火起こしから火消しまで一人でできる。

ただし万が一引火・出火したら困るので、殺菌作業は必ず作業場でやること、近くに水を用意しておくことは徹底させた。

今も言われたことをしっかり守り、ミリィの側にはバケツに入った水が置かれている。なかなか出来のいい子だ。

「よっ……と」

一方のリューは、臨時の搾乳を終えたところだった。両手にひとつずつバケツを下げ、なみなみと入った生乳を作業場まで持ってくる。

「これ、ついかのミルクな。まだまだでそうだから、よろしくたのむぜ」

「えーっ？　これも？　ミリィ、そろそろつかれてきたよ」

「しょーがねーだろ。牛たち、しぼれしぼれってうるさいんだからよ」

リューも「やれやれ」といった顔をしている。大人ぶって自分で肩を揉む仕草をしつつ、こんなことを言った。

「さいきん、牛たちミルクだしすぎなんだよな。さっきも『しぼれ』アピールしてきたからしぼってやったけどさ、きょうはこれで三かいめだぞ」

「そうだな。発育がいいのは結構だが、ミルクが余っちゃうのは困るな……」

ここまで影響が出てしまうと、良成長スキルもいいのか悪いのかわからない。周りのものがよく成長するのは嬉しいが、あまりに成長しすぎるとちょっとした弊害《へいがい》が出てくる。

早めに対策を考えないと……。

「しょうがない。しばらくは、俺たちがたくさんミルク飲むことで対応しよう。それでも余るようなら、他の商品を考えるよ」

「おれ、ミルクすきだぞ。しごといっぱいしたあとにのむと、つかれもなくなるんだ」

「ミリィも。まいにちミルクのんでると、すごくきれいになるの。ほら、まえよりけなみがツヤツヤしてるでしょ？」

子供たちの言う通り、以前に比べて身体の調子や肌ツヤがよくなっている。ミルクそのものの栄養価が高い証拠だ。

事実、ミルクを売り歩いている時も、

「このミルクを飲むと、すごく調子がいいんだよ。畑仕事には欠かせないぜ」

「うちの子、昔から身体が弱かったんだけど、このミルクのおかげで風邪をひかなくなったのよ。すごいわね！」

「うちの子なんか、ミルクを飲み始めた途端急に身長が伸びたのよ。まだ十二歳なのに、もう私の身長抜かしちゃいそうだわ」

……といった感想をいただいている。ありがたいことだ。

（肌荒れが治った……みたいな話も聞くしな。美容効果もあるんだろうか）

それだけ効果があるのなら、本土の貴婦人たちに「飲む化粧品です」と言って販売したいくらいだ。そうすればミルクを廃棄する必要もなくなる。生キャラメルみたいに材料費もかからないし、一石二鳥だ。

まあそうしたくても今は販路《はんろ》がないんだけどな……と肩を落としながら、ライムは自分の仕事に戻った。

8

翌日。いつも通り牧場の作業をしていると、サティーヤとロデューカが訪ねてきた。

「やあライム。ちょっとお邪魔するよ」

「突然悪いな。少し話をさせてくれ」

「ああ……はい、構いませんよ」

ライムは作業の手を止めて、彼らに向き直った。

ちょうど搾乳が終わったところで、床には搾りたての生乳がバケツで三杯置いてある。これがあと三、四回あるので、一日に採れる生乳の量は三〇リットル近くになるのだ。もちろん、これは牛一頭あたりの量なので、単純計算でこの五倍、つまり一日一五〇リットル近い生乳が採れることになる。

さすがに、この島だけで一五〇リットルものミルクを消費することはできない。全島民が買ってくれたとしても、五〇リットルくらいは廃棄することになってしまう。

本当にもったいない。どうしたもんだか……。

「それ、今日のミルクか？」

ロデューカがバケツに視線を落とす。

ライムは軽く頷いた。

「はい。これから殺菌して、缶に詰めて販売します」

「なるほどな。それだけの量を殺菌するのは大変だろ」

「いえ、殺菌自体は大したことないんです。ただ、せっかくのミルクを廃棄しなきゃいけないのが心苦しくて」

「廃棄か」

「ええ、一日じゃ全部消費し切れないんです。この島だけじゃ売り歩くのにも限界があるので、どうしても余る分が出てきてしまうんですよ。キャラメルを作ったり他の乳製品に加工したりもするんですが……それでも材料の関係で、全部は使い切れなくて。ちょっと困ってるんですよね」

　やや愚痴っぽいことを言ったら、ロデューカがこんなことを言い出した。

「そうか、それを聞いて安心したぜ」

「……はい？」

「その余ったミルク、俺に売ってくれないか？　正確には、うちの領地にミルクを卸《おろ》して欲しいんだ」

「えっ……」

唐突な申し出だ。しかしこちらとしては、かなり都合のいい話である。

一体どういうことだろう……。

「ロディったら、ライムのとこのミルクすっかり気に入っちゃってさ」

サティーヤが上機嫌に口を挟んできた。

「昨日、ミルクティーを入れて飲んでみたら『これは美味い！』って感動してくれてね。何杯もおかわりした挙句、夕食もミルクたっぷりのクリームシチューをリクエストしてきたんだ。あ、あのチーズケーキも美味しいって喜んでくれたよ。よかったね、これで島外に売りに行かなくてもよくなったね」

「えっ……？」

「実はサティから手紙で、『うちのミルクが余ってるから、ロディの領地にどう？』ってずっと誘いをかけられてたんだ。でも、実物を確かめる前にＯＫは出せないだろ？　だから何とか時間をやりくりして、こっちまで足を運んだってわけよ」

と、ロデューカが腕組みをする。

「で、実際に味わったら予想以上の大当たり。これは卸さない理由はないと思って、お前さんに話をしに来たわけだ。こんな美味いミルクを捨てるのはもったいなさすぎるからな」

「ちなみに、詳細な契約書はこれね」

サティーヤが例のおしゃれな杖から、三枚の書類を取り出す。

冒頭には「契約書」と書かれており、ミルクを卸す際の決まり事——ミルク一缶につきいくらなのか、一日にどのくらいミルクを卸すかなどの細かな約束が記載されていた。

最後に「ハルモニア島領主：サティーヤ・ラングリッジ」、「セレーヌ地方領主：ロデューカ・レンブラント」とサインされている。

あとひとつの空欄が、「牧場管理者：」の名前を記入する箇所だった。

契約書をまじまじ見つめ、ライムははたと顔を上げた。

以前自分が言った「本土の貴族に商品を売りたい」という要望を、サティーヤは覚えていてくれたのか。正直、あまり期待していなかったから余計に嬉しかった。

「ありがとう、サティ……。本当に友達に話をしてくれたんだな……」

「ふふ、僕はちょっと手紙を出しただけだよ。ロディには他の用事もあったから、ついでに話を振ってみただけ。話に乗ってくれたのはロディだから、ロディにお礼を言ってね」

「ありがとうございます、ロデューカさん……。本当に助かります……」

「いいってことよ。これはお互いの利害が一致した結果だ。……あ、その契約書はあくまで草案だから、気に入らないところがあったら言ってくれ。一応ミルクの金額も書いたが、『これじゃ安すぎる！』っていうならいくらでも上乗せするぜ？」

「は、はい……ええと」

言われて、ざっと目を通してみた。

気になるのはミルク一缶につきいくらか、毎日どのくらい卸せばいいのか……である。

この二人のことだからそんなおかしな値段にはなっていないと信じているが、あまりに安く買い叩かれていたら少し意見をしてやろう。

「……え？」

だが、ミルク一缶当たりの値段を見た瞬間目玉が飛び出そうになった。もちろんいい意味で。

そこには、ライムが島で売り歩いている値段の三倍以上もの値がついていたのだ。

「あの、ロデューカさん……これ大丈夫ですか？　値段合ってますか？」

「ん？　なんだ、それじゃ足りなかったか？」

「逆です。さすがにこれは高すぎるのでは？　なんか俺がぼったくっているみたいに見えますよ」

「は？　お前さん、いつも一缶いくらで売ってるんだよ？」

「ええと、二〇〇ゴールドくらい……」

「はぁ？　それはさすがに安すぎだろ。缶のサイズ間違ってないか？」

「あ、すみません。うちで売っているのは家庭用のミルク缶サイズでして」

ライムは走って作業場に行き、そこにあったミルク缶全種類を荷台に乗せて持ってきた。

家庭用のミルク缶は約二リットル、業務用のミルク缶（小サイズ）は約二〇リットル、一番大きい業務用のミルク缶は約四〇リットル保管できる。

全種類のミルク缶を見たロデューカは、合点がいったように言った。

「なんだ、全然大きさが違うじゃないか。俺はサティがお裾分けされてたデカいミルク缶を想定してたんだよ。どうりで話が噛み合わないはずだぜ」

「……紛らわしいのでリットルで表記した方がいいかもしれませんね。家庭用のミルク缶一本で二〇〇ゴールドなので、だいたい一リットル一〇〇ゴールドというところです」

「……いや、ちょっと待て。だとしても安すぎやしないか？　この一番デカいミルク缶には何リットル入るんだよ？」

「ええと、だいたい四〇リットルですね」

「じゃ、一本分で四〇〇〇ゴールドってことか？　おいおいおい、いくらなんでもそれは値崩れしすぎだ」

「そ、そうですか……？」

「そうだよ。お前さん、ミルクの相場を知らないだろ。本土では新鮮なミルクって結構な貴重品なんだ。下手したらワインやビールより高いくらいだぜ？」

「え、そうなんですか？」

「ああ。ミルクの安定供給は意外と難しいんだ。不足すれば自然と値上がりするし、子育てしてる領民はますますミルクが買えなくなる。余って廃棄だなんてとんでもない。そんなことするくらいなら、うちにくれって感じなんだよ」

「す、すみません……」

そんなに貴重なものだったのか。最近では、どんな時もミルクがあるのが当たり前だから全然知らなかった。

ロデューカが続ける。

「それに、ここのミルクはかなり美味いからな。それだけいい商品なら、一リットル三〇〇ゴールド……いや、五〇〇ゴールド出しても惜しくない。子育て中の領民の助けにもなるんだ、それくらい安いもんだろ？」

「そうそう。結局、食べ物系の不満が一番怖いからね」

サティーヤも、同調するように「うんうん」と頷いた。

「今でこそうちも食料は豊富だけど、ライムが来る前はちょいちょい不作の年があったんだ。もちろんこっちもできる限り配給するけど……人間、飢餓《きが》状態だと気が短くなるのか、島全体の雰囲気がすごく悪かったんだよね。ミルクもあまり採れなかったから、子育て中のママさんが赤ん坊を抱えながら『何とかしてください』ってうちまで怒鳴り込んできたりして」

「そ、そうなのか……」

「そうなの。とにかく、そのミルク買い取り金額は何もおかしくない。どちらかというと、格安で売りすぎてたライムに問題があるんだ。島民だけに売るなら内々の値段で問題ないけど、本土に売りに出すなら本土と同じ価格にしなきゃダメ。値崩れの原因になるし、本土の酪農家さんに迷惑がかかるでしょ。だからその値段でＯＫサインしちゃいなさい。レンブラント侯爵はお金持ちだから、それくらい安いもんだよ」

「わ、わかりました……」

サティーヤにも怒られてしまったが、貴族様がそこまで言うのならこの値段でいいのだろう。安く買い叩かれているわけではないし、特に問題はない。

ロデューカが続ける。

「本当は、あの生キャラメルやチーズケーキも卸して欲しかったが……あっちは大量生産できないんだってな？　せっかく美味かったのに、惜しいな」

「すみません……あれを作るにはかなりの砂糖が必要なので。手間もかかりますし、なかなか商品化はできないんです」

「まあ、そうだよな。……でもあれ、本土に持って行ったら貴族の間でかなりのヒット商品になると思うぞ？　砂糖が不足してるならこっちにも考えがあるから、やる気になったらいつでも言ってくれよな」

「は、はい……ありがとうございます」

今すぐに生キャラメルやチーズケーキなどのお菓子を販売するつもりはない。ミルク卸しが決まったばかりだから、その他の商品についてはもう少し落ち着いてから考えたかった。

ただ、ミルクでしっかり利益を出せたなら、その次のステップに進んでもいいと思っている。その時はお菓子の商品化に向けて、いろいろと相談させてもらおう。

ライムはその場で契約書にしっかりサインし、二人にそれぞれ渡した。最後の一枚は自分の家で保管しておくことにした。

（……今更だけど、クロトさんのパーティーに加入する時も、こういう契約書があればよかったんだよな……）

正式な契約書さえあれば、少なくとも一方的にパーティーを解雇されることはなかった気がする。

結局あれも「スキルを貸す」みたいな仕事になっていたから、それ相応の賃金が発生して然るべきだった。でも自分はそういったことを一切要求せず、押し付けられる雑用を何も言わずにこなしてしまった。しかもタダで。

振り返れば、その辺がいい加減だったなと反省するばかりである。こういう約束事は書面でしっかり取り決めないと、後々トラブルを招きかねない。自分が損することにもなるし、気を付けないと……。

「ああ、そうだ。ミルク運びのスタッフはあいつに任せることにしたからな」

「……はい？」

ロデューカが出入口で突っ立っている例の使用人を指差す。昨日大声でこちらに謝罪してきた、あの彼だ。

「……え、彼がやるんですか？」

契約内容は問題ないが、さすがにそれは問題があるのではなかろうか。

ライムはやんわりと意見した。

「ええと……あの、本当に大丈夫でしょうか？　彼、うちのミルクを全部ひっくり返したことがあるんですけど……」

「知ってるよ。でも今回は仕事だ。さすがに真面目にやるだろ」

「や、やりますかね……？」

めちゃくちゃ心配なんだが……と、心の中でツッコむ。

ロデューカなら他にも使用人をたくさん抱えているだろうに、何故よりにもよって彼なのだろう。意味がわからない。

軽く溜息をついたものの、ロデューカがそう決めたなら仕方がない。どうしても使えなかったらスタッフを代えてもらうことにして、しばらくは様子を見よう……。

「じゃ、これからよろしくな。何かあったらまた連絡してくれ」

「はい、こちらこそよろしくお願いします」

用が済んだのか、貴族二人は牧場を去っていった。

帰り際、ロデューカが例の使用人にいろいろ言い含めているのが見えた。何を言っているかまでは聞き取れなかったが、しきりに彼がペコペコしていたので「しっかり働けよ」とでも言われていたのかもしれない。

(やれやれ……どうなることやら)

一抹の不安を覚えつつ、ライムは今度こそミルクを作業場に運んだ。そして殺菌作業を行った。

火加減を見ながら鍋を掻き回していると、リューとミリィが入ってきた。朝の仕事である牛舎の掃除と餌やりは一通り済んだようだ。

「ライム、さっきまたボスがきてたね」

「なにをはなしてたんだ？　このまえのへんなヤツもいたけどさ」

「ああ……この間の使用人な、今度からミルク運びのお手伝いをしてくれることになったんだ」

「……ミルクはこびのおてつだい？　なにそれ？」

「余ったミルクを買い取ってくれる人がいて、その人にミルクを届ける仕事をしてくれるんだよ」

簡単に説明したら、二人とも怪訝な顔でこちらを見上げた。

リューなどはあからさまに嫌な顔をして、眉間にシワを寄せている。

「……おい、それだいじょーぶなのか？　またあばれてミルクこぼしたらどーすんだよ？」

「あー……まあ大丈夫だろ。さすがに仕事なら真面目にやってくれるはずだよ」

「えー？　しんよーできねぇんだけど。ライムがやった方がいいんじゃねーの？」

「もちろん俺もできる限り手伝うよ。でも他にもやるべき仕事はたくさんあるからな……。ミルク運びだけに時間をかけているわけにもいかないんだ」

「でもさー……」

「きみたちも、手が余っている時は積極的に助けてやってくれよな。彼がミルクをこぼさないように」

「……。……でもミリィ、ミルクをむだにするひとはきらい……」

ミリィは口を尖らせ、「ぴよちゃんたちのおせわしてくる」と鶏小屋に行ってしまった。

リューも「はたけにみずまいてくる」と言って作業場を出て行った。

（……まあ、普通はああいう反応になるよな）

何せライム自身もあまり信用できていないのだ。子供たちが信用しきれないのも無理はない。

余計なトラブルが起こりませんように……と、何度も心の中で祈った。

9

「ライムさん！　まだミルクの殺菌終わらないんですか!?」

　例の使用人フランクが大声で急かしてくる。

「早くしてください！　ロデューカ様がお待ちかねなんです！　船の時間もあるんですから、急がないと間に合わないじゃないですか！」

「だから今やってるだろ……。というかお前、今来たばかりじゃないか。二回目の船が出るまであと四時間はあるんだが？」

「だからってのんびり作業していいわけじゃないと思います！　早くできることは早くすべきです！」

「それでミルクこぼしてたら本末転倒だろ……。それと大声出すな。牛たちがびっくりするって何度言えばわかるんだよ」

「ここは作業場だから、牛たちには聞こえないと思います！　だいたい、ここの牛はみんな自由に歩き回りすぎですよ！　躾がなってないです！」

そんな言い草にさすがにイラッと来て、ライムは低い声で告げた。

「余計なお世話だ。そんなこと言うなら、もうお前のところにはミルク卸さないぞ」

「それはロデューカ様との契約違反になるのでダメです！　あなたはきちんとミルクを卸す責任がありまーす！」

……なんだろう、こいつぶん殴っていいかな。

（あーくそ……！　なんでロデューカさんはこんなヤツを担当にしたんだ……）

ミルク卸しが始まって一ヶ月。

レンブラント邸の使用人フランクは、運搬のために毎日ハルモニア島にやってきていた。休んだことは一度もなく、距離のあるセレーヌ地方からわざわざ船に乗ってやってくる点は「真面目だな」と感心しなくもない。

けれど、それ以外の勤務態度は最悪だった。

この通り、いくら注意しても大声は直らないし、ミルクの殺菌も急《せ》かしてくる。

運搬方法もかなり雑で、初日は業務用の一番大きなミルク缶を直接担いで船まで運ぼうとし、結局重みに耐えきれず盛大にこぼしてしまう始末だった。

「おまえ、なにやってんだよ！　そのデカいのはこっちの台をつかってはこぶんだよ！　ちょっとかんがえればわかるだろ！　おとなのくせにバカなのか!?」

「ぐぎゃ！」

大事なミルクを台無しにされたリューが、激怒してフランクに跳び蹴りを入れた。

ミリィも心底呆れたようにこちらの袖を引っ張り、

「……ねえライム。ミリィ、あいつはミルクはこびできないとおもうの。またミルクむだにしたし、牛さんたちに『ごめんなさい』させたほうがいいとおもうの」

と、訴えてきた。

さすがにライムも「これはひどすぎる」と思ったので、サティーヤにお願いしに行った。

「なあサティ。ロデューカさんに担当を代えるようお願いしてもらっていいか？」

「え？　どうかしたの？」

「それがな……」

今まであった被害を事細かに説明する。

難しい仕事はできなくても、ミルクを船に運ぶだけの単純作業ならそこまで害はないんじゃないか……なんて考えていたのが甘かった。

声の大きさはさすがに慣れてきたが、発言がいちいち癇《かん》に障ってイライラするのだ。ミルクを無駄にされるのも許せないし、こちらの仕事に口を出してくるのも腹が立つ。

かといってイライラしたまま牛の世話をすると、牛たちが「なんか怖い」と委縮して生乳の質が悪くなってしまうので、毎回必死に我慢しているのだ。

とはいえ我慢するのも限度があるし、早めに担当を変えて欲しい。

「あー……そうなんだ？　それは困っちゃうね」

サティーヤが苦笑し、同情の意を示してくる。

「じゃあ、僕の方から話をしてみるよ。ただ、あまり期待はしないで欲しいんだ。担当を決めるのはあくまでロディだから、代えてくれない可能性も十分あるんでね」

「そうか？　ロデューカさんならわかってくれると思うんだが」

「いやぁ……ロディのことだから、あの使用人——フランクくんだっけ？　彼が仕事できないのをわかった上で、担当にした気がするんだよね」

「……えっ？　そうなのか？」

「多分。ロディのスキルは『才能透視』っていって——要するに、人を見る目が抜群に優れているんだ。だから、屋敷で働いている使用人の出来不出来がわからないはずがないんだよ。にもかかわらず彼を指名したってことは、何か別の理由があるんだと思う」

「ええ……？　別の理由って何だよ？」

「それは知らないけど。でもフランクくんにも、何かしら秀でているところがあるんだろうね。そうじゃなかったら、さすがにクビになってるでしょ」

「……それはそうかもしれないが」

いくらロデューカの器《うつわ》が大きくて太っ腹でも、ドジばかりで全く使えない使用人をずっと雇っておく義理はない。

それなら何かしらの長所はあるのだと信じたいが……今のところ、ミルク運びでその長所が見えたことは一度もない。ロデューカが何を思って担当に任命したかは謎のままだ。

複雑な顔をしていると、サティーヤが宥めるようにポンと肩を叩いてきた。

「まあ、『うちのライムが困ってます』って話だけはしておくよ。それでも担当が代わらなかったら、フランクくんと上手くやっていく方法を考えよう。僕もアイデア出すからさ」

「……わかったよ」

そう言って数日待ってみたものの、やはり担当は代わらなかった。これは永久に代わらないと思ってよさそうだ。

(てことは、こっちで何か対策を考えないといけないってことか……)

チラリとフランクの方を見たら、案の定リューにものすごく怒られていた。

「おいおまえ！　そのミルクはうちのぶんだぞ！　かってにつみこんでんじゃねーよ！」

「え？　違うの？　これ、同じミルク缶じゃない？」

「ここにしるしつけてあるだろーが！　ちゃんとみてからはこべ！　このアホが！」

「そんなに怒らなくても。そもそも印もわかりづらいし、ミルク缶がいっぱいあって紛らわしいんだよ。もっとわかりやすいのにした方がいいと思うよ」

「ひらきなおってんじゃねー！」

「ぐべっ……！」

リューの怒りのキックを食らったフランク。

毎回のようにキックされていて懲りないのだろうか。反省どころか開き直るし、何かというと口答えばかり。そんな態度で今までどう働いていたのか、甚だ疑問である。

（でもミルク缶か……。確かにパッと見ただけだとわかりづらいかもな）

卸す用のミルク缶は、ペンキか何かで塗り替えておくか。その上であらかじめ荷台に全部積み込んでおき、フランクには船まで持って行ってもらうだけにする。そうすればミスも減るはずだ。

もっとも、こっちでそこまで手をかけてやらなきゃいけないのは癪《しゃく》だが……と思っていると、

「きゃ――――！」

「……ん？」

畑の方からミリィの悲鳴が聞こえて、ライムは顔を上げた。

間髪入れず、ミリィが半泣き状態で作業場に飛び込んでくる。

「ライム、たすけて！　はたけにおおきなムシがいるの！」

「虫？」

「そう！　ムシがそだてたおやさいをムシャムシャたべてるの！　ミリィ、あんなムシ、

はじめてみた！」

ああ、そういうことか。家庭菜園をやっていれば、虫との遭遇はよくあることだ。

「わかった、じゃあ俺が追い払ってやるよ。それから一緒に収穫しような」

ライムは軍手をはめて畑に向かった。

ミリィは「おおきなムシ」と言っていたが、所詮虫は虫である。そこまで大騒ぎすることでもないだろう。

そう思って畑に来てみたのだが……。

「げっ……！　何だアレ……」

さすがに驚愕して目を剥いた。

野菜を食い荒らしていたのは、虫は虫でも冒険中に遭遇するような虫系モンスターだった。

パッと見はカブトムシに似ているが、モンスターだけあって身長は一メートル超え。たくましい二本足で直立し、頭の一本角がいかにも強そうだった。

両手には食べかけのトマトやきゅうりが握られており、こちらの姿が見えても逃げる素振りを見せない。盗み食いとは思えないほど、堂々とした振る舞いだった。

さすがにあんなのが出てきたら、誰だってビックリしてしまう。ミリィが悲鳴を上げるのも無理はなかった。

「ライム、どうしよう……。おやさい、どんどんたべられちゃう……」

「あ、ああ……早く何とかしないと……」

とはいえ、ああいうモンスターは普通の村人では倒せない。武器らしい武器もないし、鍬や鋤だけで追い払えるかも疑問だ。

下手に手を出したら、反撃を食らって大怪我をする可能性もあるし……。

（こんなことなら、クロトさんと冒険してる時に少しでもモンスターの倒し方を勉強しておくんだった……）

本土から勇者を派遣してもらっている時間はない。そんな悠長なことをしていたら、畑の野菜を全部食い尽くされてしまう。普段の仕事にも支障を来《きた》すし、牛たちに被害が出たら最悪だ。できることならこの場で何とかしてしまいたい。

どうする……？　どうすれば……？

「はー、やっとミルクはこびおわったぜー」

ちょうどその時、運搬作業を手伝っていたリューが帰ってきた。

「なーライム、きいてくれよ。あいつ、マジでアホなんだぜー？　きょうも台にミルクのせてるときに、ずっこけそうになっててさー」

無防備にそのままこちらに近づいてくるので、ライムは慌てて止めた。

「リュー、待て！　それ以上入ってくるな！」

「はっ？　なんでだよ」

「そこにいるだろ、大きい虫が！」

「あん？」

リューが畑に目を向けた。

カブトムシもリューに目を向けた。

カブトムシは「なんだ子供か」とでも言うかのように、完全に舐めきった態度でムシャムシャときゅうりを齧っている。襲うつもりはなさそうだが、何が起こるかわからない緊張状態が続いた。

ところがリューは怒るでも叫ぶでもなく、むしろ興奮したようにこんなことを言い出した。

「なんだ、このムシは!?　めちゃくちゃかっこいいな！」

「……えっ？」

「なあライム。このムシ、うちでかうのか？　だったらおれがせわするぞ！」

「ええ……？　いや、それは……」

「おいおまえ、そのやさいはおれたちもたべるんだからな。はらへってるならこっちのミルクのめ。いっぱいあまってるし、げんきになるぞ」

リューはこちらの心配そっちのけで、カブトムシにミルクの入ったバケツを差し出している。

カブトムシは二本の腕で器用にバケツを掴み、そのままぐびぐびミルクを飲んでしまった。

やりたい放題な虫を見ていたら、恐怖よりだんだん呆れの感情が強くなってきた。

「ところでおまえ、なまえはなんていうんだ？」

「クワーッ！」

「くわ？　おまえ、『クワ』っていうのか？　なんかダセェからほかのなまえつけてやるよ」

「…………」

……どういうわけか、何となくのコミュニケーションまでとれてしまっている。

こうなってくると、どう対応するのが正解かわからない。一度領主様の意見を伺ってくるか……。

「リュー、飼うのはちょっと保留にさせてくれ。サティに相談してくる」

早速牧場を出て、サティーヤの屋敷に向かう。

出掛ける際、畑でカブトムシと遊んでいるリューを見て、ミリィも呆れた顔をしていた。

「……リューのしゅみはよくわかんないわ。ミリィは、かわいいぴよちゃんのほうがすき」

「男の子の中には、かっこいい虫が好きな子もいるのさ。とりあえず行ってくるから留守番よろしくな。もし虫が暴れ出したらすぐに逃げるんだぞ」

そう注意喚起し、ライムはサティーヤを訪ねた。

そして簡単に事情を説明したところ、彼はすぐに書庫から「モンスター大百科」を持ってきて、とあるページを見せてくれた。

「それ、もしかしてこいつかな」

そこに書いてあったのは「カブトムシ系モンスター・ヘラクレス」だった。

ヘラクレスオオカブトとかいうカブトムシから命名されたようで、身体も丈夫で力も強いらしい。

説明欄を読んだところ、「虫らしく新鮮な野菜が大好きで、たびたび農家に現れては野菜を盗み食いしていく」みたいなことが書かれていた。

（盗み食いどころか、堂々と畑に居座っていたんだが……）

ただ、基本的には草食でおとなしいモンスターなので、きちんと餌を与えて世話をすれば誰かを襲うことはない。力持ちで自分の体重より重い荷物も運べるそうだから、ミルク缶を運ぶのにも役立ちそうだ。

何よりリューは、あの虫を飼いたがっていた。せっかくリューが興味を示していることを、早々に却下してしまうのは忍びない。やりたいことはなるべくやらせてあげたい。

ただ、そうは言ってもモンスターだしなぁ……と悩んでいると、サティーヤが口を開いた。

「ライム、もしかしてそのカブトムシ飼おうとしてる？」

「うーん……実はちょっと悩んでるんだ。普通のカブトムシならいいけど、こいつはモンスターだろ？　うちで管理しきれるのか心配で」

「確かにね。僕個人としても、あまりオススメできないかな。おとなしくてもやっぱりモンスターだからさ。きみには良成長スキルもあるし、とんでもない大きさまで成長しちゃったら大変じゃない？」

「だ、だよなぁ……」

「そうなったら、牧場の牛たちも怖がってミルク出してくれなくなっちゃう。そんなの商売あがったりだよね。ミルクを卸すどころの話じゃないよ」

……さすがにそれは困る。

ミルクもそうだが、そこまで大きくなってしまったらこちらの命にも関わりそうだ。

(リューには悪いけど、やっぱりモンスターは無理だよな……。俺に戦うスキルがあれば何とかなったけど、そうじゃないしな……)

自分にはリューやミリィ、牛たちを守る責務があるのだ。安全を保障できない以上、危険なものを住まわせるのは避けなければならない。

「……わかった。リューにはちゃんと話をするよ。……この本、借りていいかな？」

「うん、いいよ。どうせもう読んじゃったし」

モンスター大百科を脇に抱え、ライムは急いで牧場に戻った。

まだ畑で遊んでいるかなと思ったら、リューとカブトムシは薪用に切り出した丸太をせっせと荷台に乗せているところだった。リューは丸太一本なのに対し、カブトムシは一気に十本もの丸太を持ち上げている。ヘラクレスという名は伊達ではないらしい。

「ライムみてくれ！　ジローってばすげーんだぞ！　おもいものもこんなかんたんにはこべるんだ。すげーちからもちだな！」

「あ、ああ……そうだな。……ところで、ジローって何だ？」

「おれがつけたなまえだよ。『クワ』とかいうなまえよりかっこいいだろ？」

「へ、へぇ……。でも何で『ジロー』？」

「なんか、目つきがジロ～ッとしてるからさ。こんどからライムもそうよんでくれよな」

……既に名前までつけてしまっている。そんなことをされたら余計に話しづらくなってしまうではないか。

（どうしよう……。まだ危険だと決まったわけじゃないし、やっぱり少し様子を見るか……？）

今のところ、カブトムシが暴れ出す兆しは見えない。

リューとも仲良くやっているみたいだし、何もしていないうちから追い出すのはちょっと可哀想になってきた。……いや、畑の野菜を盗み食いはしたけど。

（……イカン、どんどん同情してしまっている。ここは冷静にならなくては）

　軽く頭を振り、ライムはリューに近づいた。

「リュー、ちょっといいか？」

「あん？　なんだよ？」

　ライムは、リューだけログハウスの中に呼んで話を切り出した。さすがにジローの目の前で話をするのは可哀想だと思ったのだ。

「あのな、サティとも相談したんだが、あのカブトムシはやっぱりうちでは飼えないってことになったんだ」

「え……」

「あの大きなカブトムシは、ヘラクレスっていう虫のモンスターなんだよ。モンスターってわかるか？　勇者とかが剣や魔法で倒すような生き物のことだ」

「…………」

「そういうモンスターは、得てして危険なことが多い。今はおとなしくていても、いつ暴れ出すかわからないんだ。ヘラクレスは力が強いから、暴れ出したら誰にも止められなくなる。みんなの安全のためにも、ここには置いておけないんだよ」

「…………」

「カブトムシが飼いたいなら、モンスターじゃない普通のカブトムシ見つけてきてやる。だから今回は諦めてくれ。ジローと俺たちとでは、住む世界が違うんだ。ジローにはジローにふさわしい場所がきっとあるはずだよ」

そう言ったら、リューはムッとして口を尖らせた。こちらを睨み、唸るようにこんなことを言ってくる。

「……つまりなんだ？　ライムは、ジローのことおいだせっていいたいのか？」

「それは……」

「なんでだよ！　ジロー、なにもわるいことしてねーじゃん！　なんでここにいちゃいけないんだよ！」

「……リューの気持ちはわかるよ。でも、モンスターは本当に何が起こるかわからないんだ。牛たちだって怖がるかもしれない。そうなったら、ミルクが出なくて大変なことになるだろう？」

「ジローはこわくねぇよ！　牛たちだってわかってくれる！　わからねぇならおれがおしえてやる！」

「そういう問題じゃなく……」

「てか、ここをおいだされたら、ジローはどこにいけばいいんだよ？　ジロー、ずっとたべものがなくてはらへってたっていってたんだぞ！」

「え……」

「ライムだっておいだされたことあるくせに、なんでジローのことはおいだしていいんだよ！　そういうの、りふじんっていうんじゃないのか!?」

「……！」

痛いところを突かれて、言葉に詰まった。「理不尽」とは少し違う気がするが、自分がやられたことをジローにやろうとしている事実に、今更ながら気づいたのだ。

（……確かにそうだな。居場所がなくて辛いのは、人もモンスターも変わらないか）

ライムはここで運よく牧場管理という職にありつけたけど、そうでない者もたくさんいる。

ジローも行くあてがなくなって、船にこっそりくっついてくるなどしてハルモニア島まで辿り着いたのだろう。そこでうちの野菜に目をつけ、数日ぶりの食事にありつけたに違いない。

それに……仮にここでジローを追い出したら、彼は一体どんな行動をとる？　空腹に耐えかねて他の農家の畑に入り、野菜の盗み食いを繰り返すのではないか？　最悪、人を襲って食べ物を奪うこともあるのではないか？

そうやって他の農家に迷惑をかけるくらいなら、ここで野菜やミルクをしっかり与え、荷物運びなどをやってもらった方がいいような気もする……。

かなり真剣に悩んでいると、リューは更に畳みかけてきた。

「それにおれ、ふつうのカブトムシなんかいらねぇよ。おれはジローのことをかっこいいとおもってるんだ。ジローのかわりなんかいないし、ほしくない。ライムがジローをおいだすってんなら、おれもジローといっしょにでていく！」

「ええ……？　さすがにそれは……」

「ライムがりふじんなことというからだろ！　こんどそんなことといったら、ぜったいゆるさねーからな！」

そう言って、リューは怒ったままログハウスを飛び出してしまった。そして丸太運びをしているジローと一緒に、今度は大量の藁を取り替え始めた。

長い息を吐き、ライムは借りてきたモンスター大百科を開いた。

(これはもう、腹を括《くく》らないといけないかもな……。モンスターの飼い方なんて全然わからないけど……)

ヘラクレスのページを読み、餌や習性、苦手なもの等を熟読する。

虫カゴみたいなスペースは必要なのか、他の生き物との相性はどうなのか、成長するにしてもどの程度なのか……等々、疑問は尽きない。

というか本当にうちで飼うんだったら、サティーヤにも報告しなくてはならない。彼はいい顔をしないだろうけど、いざという時の備えは必要だし……。

「……ねえライム、あのムシどうすることにしたの？」

ミリィがハウスに入ってきて尋ねてくる。

ライムは言葉を選んで、慎重に説明した。

「うん……しばらくは様子見かな。ミリィは苦手かもしれないけど、リューとは仲良しみたいだし。あの虫はすごい力持ちだから、今まで大変だった丸太運びも軽々やってくれるんだよ。だからこのまま、そっと観察してみよう」

「ええー……？　じゃあ、これからもあのムシがうちにいるってこと？」

「まあな……」

「えー……？　ミリィ、しんぱいなんだけど。あんなおおきいムシ、いっしょにいてだいじょうぶかな……」

不安がって、こちらにしがみついてくるミリィ。彼女の心配はもっともだ。ぶっちゃけ、ライムも不安に思っている。

それでも大人の自分が不安がってはいけないと思い、あえて力強く言った。

「大丈夫だよ。いざという時は俺がみんなを守る。ミリィのことも、牛たちのことも、もちろんリューのこともな。だから安心してくれ。ミリィが怖がることは何一つないから」

「……うん」

よしよし、と頭を撫でてやったら、ミリィはようやく安心したようだった。

「……でもミリィ、やっぱりムシはにがて。だから、おせわするのはリューにまかせるわ。ミリィはいつもどおり、牛さんとぴよちゃんのおせわだけする」

「ああ、いいよ。それだけやってくれれば十分だ」

ライムは本を閉じ、腰を上げて言った。

「さて、そろそろ昼食の準備をしないとな。お姫様たちの餌も足りているか？」

「ミリィ、ちょっとみてくる」

タタタ……と牛舎に駆け込んでいくミリィを見送り、ライムは作業場の隣にある食料庫に足を運んだ。

ここには自分たちが普段食べる食料――小麦粉や野菜、塩やハーブなどのスパイスが棚ごとに整理されている。

今は夏なので、島内の農家からお裾分けされた野菜もたくさん保管されていた。食べきれない分は、これから干したり漬けたりして保存食にしようと思っていたところだ。

ライムは古くなりかけの野菜を大きな籠に集め、リューとジローが仕事している場所に持って行った。彼らは藁の運び出しを終え、今度は畑の固くなった土を柔らかくしているところだった。

「おおお！　ジロー、すごいな！　じゃまな石とかもすぐこなごなになるじゃん！」

「クワーッ！」

「これだけやくにたてば、ライムも『でてけ』っていわなくなるよな。このままいっぱいやくにたとうな！」

「クワーッ！」

ジローはますますやる気を出し、丈夫な角を使って土をザクザク掘り返している。土起こしは結構な重労働なので、あれをやってくれるのは単純にありがたかった。モンスターだけど、意外と働き者ではないか。

「リュー、ジローの餌を持ってきたぞ」

ライムは作業をしている畑の脇に、大盛りにした野菜を置いた。

「ここにあるものは好きなだけ食べていい。その代わり、畑になっている野菜は勝手に食べないでくれ。あっちは俺たちも食べるからな、約束できるか？」

「だってさ。わかったか、ジロー？」

「クワ」

「わかったってよ。ジローもけっこうかしこいだろ？　しごともいっぱいやってくれるし、うちにいればおやくだちだよな。あーすごいなー」

わざとらしく、ジローのお役立ちアピールをしているリュー。

ちょっと笑いながら、ライムは重ねて言った。

「ああ、そうだな。ジローは役に立ってる。リューも、ジローと一緒にいると決めたから

た。

子供が純粋に喜んでいる姿を見たら、これはこれでよかったのかもしれないと思えてき
認めてもらえて嬉しいのか、犬の尻尾をぶんぶん振り回している。

「えっ……？　あ、おう！　おれにまかせとけ！」

には責任持って面倒見るんだぞ。いいな？」

の部分は逆順です

「なんか、やさいみてたらおれもはらへってきたぞ。ライム、そろそろメシにしよーぜ。おれ、ジローといっしょにたべるから、メシできたらもってきてくれよ」

「はいはい、わかったよ。ちょっと待っててな」

ライムはすぐさま家に戻り、ベーコンとパンケーキを焼いて、新鮮なトマトを輪切りにし、千切ったレタスを添えて、搾りたてのミルクと一緒に持って行ってやった。

「おー、サンキュー！　おいジロー、メシにしよーぜ」

「クワーッ！」

ジローも置いてあった野菜を手に取り、ムシャムシャかぶりつき始めた。

獣人の子供と虫のモンスターが、並んで昼食をとっている珍妙な光景。

それでも危なっかしい雰囲気はなく、

「なあ、このトマトくわないか？　おれ、じつはトマトにがてなんだ」

「クワ？」

「ライムにはすききらいせずにくうようういわれてるんだけどさ……。ジローがいるなら、おれのぶんもこっそり……あっ、やべ！　ライムがこっちみてる」

……などと、ある意味で微笑ましいやり取りが繰り広げられていた。

ライムはミリィを呼び、外に出したテーブルで食事をしながら彼らを見守った。

「リューってば、きらいなものをジローにたべさせるとか、ずるいことしてるのねー。ミリィはいいこだから、ピーマンだってがんばってたべるわよ」

ミリィは、これみよがしに出されたサラダを完食している。

妙な仲間が増えたが、この調子なら大丈夫そうかな……と、ライムも自分のパンケーキを頬張った。

10

それから二ヶ月ほどが経過した。

「やあライム。調子はどう？」

日課の腕立て伏せを終わらせたところで、サティーヤが様子を見にきた。

彼は散歩と称して、近頃はほぼ毎日牧場を訪ねてくる。島内の見回りも兼ねているが、一番の目的は「虫のモンスターが今どうしているか」を観察するためであろう。

「ええ？　飼うことにしちゃったの？　僕はオススメしないって言ったはずだけど」

うちで面倒を見ることになったと報告に行ったら、案の定サティーヤは難色を示した。

「いくら育成が得意だからって、モンスターを飼うのを軽く考えすぎじゃない？　きみは良成長スキルを持ってるんだよ？　わかってるの？」

「わかってるよ。だけど下手に追い出したら、今度は周りの農家で盗み食いをするかもしれないじゃないか。だったら、うちで十分な餌を与えて管理した方がいいと思ったんだよ」

「……それは一理あるかもね。でも島民に何かあったら、責任とるのは僕なんだよ？　確かに好きなように牧場運営していいとは言ったけど、カブトムシのモンスターを飼うことは想定してないんだけど」

「わかってるってば。そこに関しては申し訳ないと思っている。でも、もう追い出すことはできないんだよ。うちに来ちゃった以上は最後まで面倒を見る。サティにも周りの農家さんにも迷惑はかけない。約束するよ」

そう言い切ったら、サティーヤは深い溜息をついた。怒っているわけではないが、かなり呆れているようだった。

「もー……ライムはホントにお人好しだな。もしや、捨てられている生き物は何でも拾ってきちゃうタイプ？」

「いや、そういうわけじゃないが……」

「……わかったよ、今回は僕が折れます。別に僕も、きみと喧嘩したいわけじゃないからね。でもそれなら、いざという時はきみが対処できるように身体くらい鍛えておきなよ？ 倒せないまでも、足止めをして助けを呼びにこれるくらいはできるようになっておくこと。それが、モンスターを飼うと決めた大人の責任だ」

「ああ、わかった」

……というわけで、日課に腕立て伏せと腹筋・背筋運動を加えたのである。

この程度のトレーニングではたいした効果はないかもしれないが、それでも何もしないよりマシだろう。

「それで、どうなの？　牧場の方は」

今日も平和であることを確認したサティーヤは、経営について話を振ってきた。

ライムは軽く汗を拭いながら、答えた。

「そっちは順調だな。来年の納税は期待していいぞ」

「それはよかった。ロディも手紙で『いくら卸してもらってもすぐ完売しちゃう』って言ってたんだ。うちのミルクが好評で、僕も鼻が高いよ」

「ありがたいな。ミルク缶をあらかじめ積んでおくことで、フランクのミスもかなり減ったし。声が大きいのは相変わらずだが……」

そんなことを話していたら、噂のフランクがやってきた。

「ライムさん！　ミルクの準備できてますか？」

相変わらずの大声で、入口から走ってくる。

何度注意しても静かにならないせいか、最近はうちの牛たちも慣れてしまったようだ。

「またアイツが来たよ……」とでも言うかのように、我関せずと草を食んでいる。

まあ、お姫様たちのストレスになっていないなら大目に見てやらんでもない。これ以上注意するのも労力の無駄になるし。

ライムは、用意しておいた荷台を指し示した。

「今日の卸し分はそれだ。全部で七本ある。こぼさずに持って行ってくれよ？」

「了解です！　すぐに運びます！　ライムさんも、最近は卸しの手際がよくなりましたね！」

……一言余計なのも相変わらずである。

（ロデューカさんは、こいつのどこを評価してるんだろ……。さっぱりわからん）

そんなフランクがよっこらせ、と荷台を押そうとした時、唐突にサティーヤが彼に質問し出した。

「ところでフランクくん。最近ミルクを買うお客さんが増えているけど、具体的にどんなお客さんが多い？」

「はい！　平民から貴族まで、幅広くお買い上げいただいてます！」

「兵士や冒険者のお客さんは？」

「あ、それもたまにいらっしゃいます！　このミルクを飲むと元気が出るらしく、訓練後に飲んでいる人もいるそうです！」

「へーそうなんだ。順調にミルクの評判が広がっているみたいだね」

満足げに微笑むサティーヤ。

今の質問に何の意図があったのか、ライムにはよくわからなかった。

「あっ、またうるせーのがきてる！」

ジローと土起こしをしていたリューが、フランクを指差した。

犬の獣人と虫のモンスターという珍妙な組み合わせだが、こちらも相変わらず仲がいい。出会ってから今日まで、ずっと一緒に牧場の作業をしている。

「ギャー！　化け物が出たあぁ！」

ジローを見たフランクが悲鳴を上げた。この叫び声もいちいちうるさく、耳についた。何度も見ているのだから、いい加減慣れてくれないだろうか。

案の定、ブチ切れたリューがフランクを怒鳴りつけた。

「うるせー！　ばけものとかいうな！　おめーはさっさとミルクはこびやがれ！　すこしでもこぼしたら、おれとジローでメタメタのギタギタにしてやるからな！」

「クワーッ！」

ジローが自慢の角を掲げ、フランクを威嚇する。

途端、彼は逃げるように牧場を出て行った。

体よくフランクを追い出したリューは、腰に手を当てて鼻を鳴らした。

「ったく……あいかわらずうるせーヤツだぜ。ミルクもはこべねーくせに、ジローをばけものあつかいとか、マジでなまいきだよな？」

「クワーッ！」

「こんどアイツがバカにしてきたら、えんりょなくぶっとばしてやろーぜ！」

うんうん、とジローが頷く。

さすがにぶっ飛ばすのはシャレにならないからやめて差し上げろ？　と心の中でツッコみつつ、ライムは聞いた。

「ところでサティ。さっきの質問、なんだったんだ？」

「さっきの質問？」

「どんなお客さんが多いかって、フランクに聞いてただろ？」

「ああ、うん。お客さんの中にクロトくんがいないかな～って気になっただけ」

「え、クロトさん？　なんでだ？　彼に何か用か？」

「んー、まあちょっと。詳しい事情は複雑だから割愛《かつあい》するけど、そろそろうちの島に来ないかな～って思ってるんだよね。ミルクの評判を聞きつけて、うちまで乗り込んでこないかなあ？」

「どうだろうな？　ミルクのためだけに、わざわざハルモニア島まで来るとは思えないが」

本土でも買えるんだし、というとライムはやや呆れた視線を向けてきた。

「何言ってるの。彼らの目的はミルクじゃなくて、きみ自身だよ。正確にはきみの良成長スキルかな。このミルクを卸しているのがライムだって知ったら、彼はスキルを取り戻すために島まで来ると思うんだ」

「ええ？　そうか……？　これだけ時間が経っても訪ねて来ないってことは、俺のことはもう頭にないと思うぞ？　というか、そんなに来て欲しいなら、本土の掲示板に依頼を出せばいいじゃないか。『是非一度ハルモニア島にお越しください』みたいにさ」

「やだな、そんなあからさまな依頼で来てくれるわけないじゃないか。逆に怪しまれて逃げられるのがオチだよ」

「？　別に怪しくないだろ。普通に何かの歓迎だと思うんじゃないか？」

「さあ、どうかな。とにかく、もしクロトくんがライムを訪ねてきた時はすぐに僕に教えてね。よろしく～♪」

「？？？」

どうやら何かを企んでいるみたいだが、サティーヤの考えはライムにはわからない。

(今更クロトさんが来ることなんてないと思うけどな……。あの人、意外とプライド高かったし)

出会った初期の頃はそうでもなかったが、依頼が上手くいって大金を稼げるようになるにつれ、徐々に傲慢さが増していったように思う。

こんなに成功している自分たちは人生勝ち組だから、多少強引なことをしても許されるのだ……みたいな、そんな態度がちらほら見受けられた。

ライムをクビにする時もさんざんバカにしてきたし、そんな相手に頭を下げにくるとは考えにくい。

ただ、今は良成長スキルもなくなってレベルも落ちているだろうから、以前みたいにSランクの依頼でバンバン稼ぐ……なんてことはできていないと思う。

それに対し、クロトがどういう行動を起こしているかわからない。下がったレベルを元に戻すためにトレーニングに励んでいるかもしれないし、難易度の低いランクの依頼を地道にこなしているかもしれない。あるいは、良成長スキルを持つ者を別に見つけて、新しい旅をスタートさせているかもしれない。

いずれにせよ、ライムがクロトに会うことはないはずだ。

何かのきっかけでまたクロトが会いに来たとしても、ライムは絶対彼について行かないし、ここを離れる意思もない。誘いをかけられてもきっぱり断るつもりでいる。

別に顔を見たいわけではないし、来ないなら永遠に来てくれない方が嬉しい。変なトラブルを招かれても迷惑だ。

そう思っていたのだが、その日は突然訪れることになる……。

◆　◆　◆

「ライムさーん！　いますかー？　いますよねー？」

それから三日後、いつもの大声でフランクがやってきた。

「今日のミルクを運びにきましたー！　あ、ついでにこの人たちがあなたに用だというので、一緒に船に乗ってきました！　ちゃんと紹介してあげたボク、偉すぎますね！」

フランクが連れて来た人物を見て、ライムは心底驚いた。

そこにいたのは、青いマントに剣を下げた勇者様御一行だったのだ。

「久しぶりだね、ライム」

「……クロトさん……」

まさか本当に会いに来るとは思わず、衝撃で身体が固まってしまった。パーティーをクビになってから、約半年ぶりの再会だった。

（……というか、以前よりやつれてないか？）

口調や声音は変わっていない。

けれど、見た目は随分変わった気がする。全体的に痩せたというか、身体の厚みがなくなっているのだ。以前は「どこを冒険しても大丈夫！」くらいのたくましさがあったのに、今は見る影もない。

いや、単にこれは出会った頃と同じ体格に戻っただけか。ライムがいなくなって、成長率が下向きになってしまったから。

(へえ……スキルがなくなるとこんなに衰えるものなのか。たった半年で元通りって、ちょっと恐ろしいな)

スキル大全集に書いてあった通りだ。自分の力をキープするためには、スキルの効果をずっと受けていないといけない。効果範囲外に出てしまうと、力が落ちてしまう。

事実クロトもジャックもエミリーも、みんな出会った頃と同レベルにまで戻ってしまったみたいだった。ジャックなどは特に顕著で、筋肉の衰えがハッキリと見てとれる。

それで今更「良成長スキル」の重要性に気付き、ライムにコンタクトを取ろうと思ったわけか。ご苦労なことだ。

気まずい雰囲気をぶち壊すように、フランクはいつもの大声で言った。

「じゃ、ボクはミルクを持っていきますんで!　明日のミルクもよろしくお願いしまーす!」

やかましい人がいなくなり、牧場に静けさが戻る。

ライムは軽く溜息をつき、素っ気なく聞いた。

「それで、何の用でしょうか?」

「何の用じゃないだろう。きみのせいで、僕たちの旅はめちゃくちゃなんだよ」

開口一番、こちらを非難する言葉が飛び出してきた。

……きみのせいって、クロトは一体何を言っているのだろうか。

「きみ、良成長スキルのことをちゃんと説明しなかったね？　影響がなくなった途端、ここまでレベルがダウンするとは思わなかった。よくも騙してくれたな」

「……騙したつもりはありませんが。俺も、スキルの仕様を知ったのはこの島に来てからですし」

「そんな言い訳が通用するとでも思っているのかい？　きみがスキルのことを教えてくれなかったせいで、とうとうSランクの依頼が受けられなくなってしまったんだ。最初の頃はそれでもいろいろと工夫しながらやってきたけど、もう限界だ。こうなったからには、きちんと責任をとってもらう」

一方的な理論を展開してくるクロト。自分たちがライムをクビにしたことは棚に上げて、あくまで悪いのはライムだと非難してくる。

（そりゃあ、スキルの説明はしなかったけど……「クビ」という選択肢をとったのはあんた達だろうが。さんざん俺を「役立たず」だの「穀潰し」だのと言っておいて、今更何を言ってるんだ……）

怒りを募らせていると、クロトは白々しくこんなことを言ってきた。

「まあ責任といっても、別に難しいことじゃない。また僕たちのパーティーに加入してくれればいいんだ。どうせきみは戦力にならないだろうから、今まで通り雑用をこなすのでかまわない。それさえしてくれれば、今までのことは全部水に流してあげるよ」

「はあ……？」

「それくらいして当然だよね？　きみは僕たちの旅を台無しにしたんだから。当然、その責任をとる義務があるだろう？」

いけしゃあしゃあとこんな主張をしてくるクロトに、いよいよ頭が痛くなってきた。

（何というか……もう、どこからツッコんでいいかわからないな……）

本当に、「何を言っているんだ」という感じである。

良成長スキルがないからレベルがダウンした……と彼らは言っているけれど、良成長スキルはあくまで「三倍の補正をかける」だけである。例えスキルの恩恵を受けられなくなっても、その補正が追い付かないほどたくさんトレーニングをすれば、レベルが落ちることはないはずだ。

そもそも、最初からスキルなしで努力したり工夫したりして冒険をしている勇者パーティーは山ほどいる。今まで以上にトレーニングを頑張るとか、低いランクの依頼を地道にこなしていくとか、やり方はいくらでもある。

クロトたちは、そういった努力をきちんとしてきたのか。

地道に努力するのが嫌だから、責任を全部ライムに押し付けて、また良成長スキルの恩恵にあずかろうとしているだけではないのか。

今までランクの高い仕事でガッツリ稼いで贅沢をしてきたから、今更低ランクの仕事なんてやりたくない、毎日のトレーニングも面倒臭い……と、こういうことではないのか。

そんな奴らに、こちらが力を貸してやる道理はない。

「すみませんが、お引き取りください。俺はここを離れる気はありませんので」

「は？　きみは何を言っているんだ？　きみに拒否権なんてあると思っているのか？」

「あるに決まっているでしょう。俺はもうハルモニア島の島民です。島民手形だってあるし、領主様から正式に島民だって認められています。勝手に出ていくことはできません」

「へーえ？　領主の権力を盾にするつもりか。きみ、村人のくせに随分姑息《こそく》なことをするね？」

……姑息じゃなく、当たり前のことを言っただけなんだが。

クロトはやれやれと肩を竦め、小馬鹿にしたような視線を向けてきた。

「……仕方ない。少し頭を冷やす時間をあげよう。学のない村人でも、ちょっと考えれば僕の主張が正しいって理解できるだろう」

「……はあ」

「その間、僕たちは島を見回ってくる。また戻ってくるから、その時はいい返事を期待している」

「え、ちょっ……」

一方的にそれだけ言って、クロトたちは去っていった。

一緒に来ていたジャックとエミリーは、口こそ出さなかったものの、立ち去りざまものすごい目つきでこちらを睨んできた。まるで「さっさと責任とれよ役立たず」とでも言っているかのようだった。

「……ああもう！」

何が責任をとれ、だ。自分たちに都合のいい主張ばかり繰り返して、こちらの事情など全くおかまいなし。

ようやく牧場が上手くいき始めたところなのに、何が悲しくてまたパーティーに戻らなければならないのだろう。

これがちょっとでも下手《したて》に出てくれれば多少は同情しただろうに、何故最初から最後まで上から目線なんだ。人に物を頼む態度じゃないだろうが。

ライムは足音も荒くサティーヤの屋敷に向かった。クロトたちが来たら教えてくれと言われていたので、その報告に行ったのだ。

「……というわけで、今クロトさんたちが来ているんだ。でもちゃんと断るから心配しないでくれ。牧場の仕事は今まで通り続けるし、そもそも島を出るつもりもない。あの人たちには今日中に帰ってもらうよ」

「いや、帰ってもらわなくていいよ。むしろそのまま引き留めておいて」

「……。……はい？」

　思いがけない言葉に、ライムは目が点になった。サティーヤが何を言ったのか、本当に理解できなかった。

「え、いや、ちょっと……何を言ってるんだ？　引き留めろってどういうことだよ？」

「彼らには大事な用があるんだよ。僕だけじゃなく、ロディもね」

「ロデューカさんも？　前から言ってたけど、それって何の用なんだ？　詳しく教えてくれないか？」

「ごめん、それはまだ内緒。とにかく、ロディが来るまで引き留めておいて」

「ええ？　ロデューカさんが来るまでって、あの人が来るまで何日かかるんだ？」

「今から連絡入れれば、二日以内には来てくれるんじゃないかな」

「二日って……丸二日もクロトさんを引き留めないといけないのか？　その間、あの人たちはどこに宿泊すると思ってるんだよ？」

「さあ？　そこら辺で野宿でもするんじゃない？　あ、ちなみに僕の屋敷は絶対ダメだからね。来たとしても追い返すんで」

「それじゃ消去法でうちしかないじゃないか。うちにはリューとミリィもいるんだぞ。あの人たちを泊めてやるスペースなんかないよ」

「そこは上手くやってください」

……あんまりな言い分に、泡を噴きそうになった。

「とにかく僕はロディに連絡入れるから、ロディが来るまでの間、クロトくんたちを足止めしておいてね。よろしく」

「えええ!?　ちょっと待ってくれよ！　そんなの無理だって……」

そう追い縋《すが》ったが、サティーヤはさっさと屋敷の奥に引きこもってしまい、それ以上話をすることができなかった。

「……嘘だと言ってくれ……」

ライムは最初から追い返す気満々だったのだ。サティーヤに報告したのは、彼がいればクロトたちも文句を言わずに帰ってくれるだろうと思ったからである。

それなのに、追い返すどころか引き留めろとはどういうことなのか。

用があるとか何とか言っていたが、それならロデューカを呼びつける前に、サティーヤが直接話をすればいいのではないか。わざわざロデューカを待つ必要はない。

それに、ロデューカが来るまでの間、クロトたちを泊めてやらなきゃいけないのも抵抗がある。リューとミリィも絶対に嫌がるだろう。

げっそりしながら、ライムは牧場に戻った。

心なしか顔色が悪かったらしく、戻った途端子供たちに心配された。

「おいライム、なんかへんなかおしてるぞ。どうかしたのか？」

「……いやなことでもあったの？」

「ええと、その……」

正直に話していいものか。それもかなり迷った。

余計な心配はかけたくないが、かと言って何も説明しないわけにはいかない。もうすぐクロトたちも戻ってきてしまう。そうなったら、完全に無関係とも言っていられなくなる。

ざっくりした説明だけでもしておかなくては……。

「あのな、実は……」

言葉を選んで説明しようとしたら、タイミング悪くクロトたちが戻ってきてしまった。

「ライム、返事は決まったかい？」

「げっ……！　もう戻ってきた……！」

「？　なんだ、あいつら？　ライムのしりあいか？」

「……へんなひとたちね。なにしにきたの？」

リューはあからさまに警戒しているし、ミリィはこちらの後ろに隠れてしまっている。

勇者パーティーといっても、相手は武器を持った武装集団だ。牧場に来るには明らかに場違いである。怪しい連中だと思うのも当たり前だった。

子供たちの前もあり、ライムはあえてハッキリ言った。

「だから俺は行きませんよ。今更皆さんの冒険に付き合う義理はありません。あなた達は責任云々《うんぬん》とか言ってますけど、俺を強制的に追い出したのはそちらでしょう。自発的に辞めたわけじゃないんだから、こちらに責任をなすりつけられても困ります」

「何を言っているんだ？　きみには、自分のスキルをちゃんと説明しなかったっていう落ち度があるんだよ。知っていれば僕たちだって、きみをクビにはしなかった。元を正せばきみの説明不足が原因なんだ。いい加減認めたらどうなんだい？」

「説明不足も何も、その時は俺も知らなかったんだから説明しようがないじゃないですか。というか、良成長スキルが欲しくて俺をスカウトしたのなら、そちらこそスキルの勉強くらいしておいてくださいよ」

「ちょっと、何こっちに責任転嫁してんのよ。あんたはそんなこと言える立場じゃないでしょうが」

唐突にエミリーが噛みついてくる。鋭い目つきでこちらを睨み、全身で「無能な村人のくせに」と言い放っていた。

（……なんか彼女、別れた時より人相悪くなってないか？）

あまりに目つきが悪かったので、一瞬別人のように見えてしまった。

出会ったばかりの頃はそこそこ美人なシスターだったのに、今は何というか……あまりお近づきになりたくない雰囲気が漂っている。

続いて、ジャックもこちらのことを見下すような発言をしてきた。

「まったくだぜ。ただの村人のくせに、何偉そうなこと言ってんだ。オレたちのパーティーに加入できるだけでもありがたいと思えよ」

「……あの、どこをありがたがれって言うんですかね？　意味がわからないんですけど」

「Sランクの依頼をこなせれば、報酬もたっぷり稼げて贅沢できるだろうが！　村人じゃ一生稼げないくらいの大金が手に入るんだよ！　てめぇもその恩恵に預かってきたくせに、何言ってんだ！」

「……俺は預かってませんよ。贅沢してたのはいつもあなた達だけで、俺は雑用に追われてました。給与をもらったこともないですしね。そんなの、ありがたくも何ともないですよ」

「ぐぬぬ……」

「だいたい、そこまで言われて『はい、喜んで』ってついて行くわけないでしょう。どうしても戻ってきて欲しかったら、俺にとってのメリットのひとつやふたつ、提示してみたらどうなんですか」

冷たく言い返してやったら、エミリーとジャックは悔しそうに唇を噛んだ。

（というか、こんな高圧的な言い方をして俺が戻ってくると思うのか？　どういう思考回路をしているんだ、この人たちは……）

さっぱり理解できずに呆れ果てていると、

「だからきみたちは黙っていろと言っただろう。余計な口を挟まないでくれたまえ」

クロトが二人を邪険に制した。そして、改めてこちらに向き直った。

「きみの言い分もわからんでもない。責任はきみにあるとはいえ、今まできみを平等に扱ってこなかったのも事実だ。その点は反省すべきだと思っている」

「……はあ」

「なので、今度はしっかり給与を支払うつもりだ。依頼の報酬に応じて、何割かをきみに分けてやろうと思う。それなら文句はないだろう？」

「………」

舐めてんのか、コイツ……と、心の中で呟く。

何だか会話するのも疲れてきて、ツッコミの台詞を口に出すのも億劫《おっくう》になってしまった。

（報酬の何割かって、それ一体いくらなんだよ……。そんなはした金でついて行くほど、良成長スキルは安くないんだけど）

ロデューカですら、月一〇〇万ゴールドを提示してきたくらいなのだ。領主のサティーヤはそれ以上に優遇してくれているし、もし給与が彼ら以下だったら交渉にすらなっていない。最初から論外である。

もっとも、提示される金額がいくらであろうと、クロトたちについていく気はない。

ライムには既に、この牧場での生活があるのだ。何が悲しくて、積み上げてきたものを全部捨てなければならないのだろう。

彼らは「村人には一生味わえない贅沢ができる」などと説得してくるが、ライムは別にそんなもの求めていない。美味しいご飯と住みやすい家、それと大切な家族がいれば十分だ。

だから、何を言われたところで要求に応じる気はない。彼らとライムとでは、大事にしているものや価値観、優先順位などが違うのだ。

ライムはこめかみを押さえながら、言った。

「……とにかく、俺はあなた達に同行する気はありませんので。この島を離れるつもりもないですし、これ以上説得しても無駄だと思ってください」

「ホントにつれないね。何がきみをそんなに頑なにしているんだい？　理解に苦しむな」

「わからないならわからないで結構です。俺は、ここで牧場経営するのが性に合っているので。だから、良成長スキルはもう諦めてくださ……」

「そういうわけにはいかないね」

クロトが強い口調で遮ってくる。

「きみに都合があるように、こちらにも都合があるんだ。せっかくきみの居場所を突き止めたのに、今更手ぶらで帰るわけにはいかない。引き続き、説得させてもらうよ」

「……はあ。無駄な労力だと思いますけど」

「そう思うなら、さっさと僕たちに同行してくれればいいんだ。きみが説得に応じてくれないせいで、余計に時間が削られているんだよ？　それに、本来なら本土と島を往復する時間で依頼一つくらいこなせるはずなんだ。その分の損害賠償を請求したいくらいだね」

……相変わらず、言っていることが無茶苦茶である。最早反論する気も起きない。

（この人たちを、あと二日も引き留めないといけないのか……）

だんだん胃が痛くなってきた。たった二日と言えばそれまでだけど、その間にストレスで体調不良を起こしたらどうしよう。今も既に泣きたい気分なんだが。

「ところで、あのログハウスはきみの家かい？　随分大きくていい家じゃないか」

と、クロトがログハウスに視線を向ける。

「実は僕たち、今日の寝床がないんだ。この島は宿泊施設なんてないから困っていたけど……あれだけ大きな家なら、当然僕たちが泊まるスペースもあるよね？」

「……。そんなスペースないですけど……」

「え。じゃあきみは、本土からはるばるやってきた勇者パーティーに、そこら辺の道端で野宿しろって言うのか？　そんな非常識なことがまかり通ると思っているのかな？　普通の村では、『勇者様御一行が来た』って言ったら、みんな喜んで家を貸してくれるものだよ。そんなこともわからないとか、本当に村人は常識がないね」

「…………」

今度はトンデモ理論で「非常識」呼ばわり。ここまで真顔で主張されてしまうと、こちらの方がおかしいのかと思いかけるから不思議だ。

ライムは重くなっていく胃と戦いつつ、何とかこれだけ言った。

「……わかりました。あの家はどうぞ好きに使ってください。常識の範囲内で綺麗に使ってくれれば、文句は言いませんので」

「えーっ!?　じゃあおれたちは？　どこでねればいいんだよ？」

リューが当たり前のように声を上げる。ミリィも不安そうな目でこちらを見上げてきた。

ライムは一旦クロトたちとの話を切り上げ、子供たちを連れて牛舎に避難した。

そして脱力したように藁の上に腰を下ろすと、大きく溜息をついた。

「……ライム、だいじょうぶ？　なんかすごくつかれてるみたい……」

「てか、あいつらマジむかつくんだけど！　ジローとおれでやっつけてくる！」

「……いや、大丈夫だよ。下手なことはしない方がいい。あと二日の辛抱だから……」

そうは言っても、さすがに精神的な疲労は拭えない。まさかここまで生活を掻き乱されるとは思わなかった。いろんな意味で涙が出てくる。

ライムは子供たちを引き寄せ、ぎゅっと抱き締めた。そして自分にも言い聞かせるように、声を絞り出した。

「……ごめんな、心配かけて。でも、きみたちのことは何があっても守る。置いて行くことは絶対にないし、あの人たちの勝手にもさせない。それだけは信じていてくれ」

「……べつにおれは、なにもしんぱいしてねーけどさ。でも、あいつらのいうことききかずにライムがたいへんなめにあうのは、いやだぞ」

「ミリィも。あのひとたちは、ライムにいっしょにきてほしいんでしょ？　だったらちょっとだけおでかけして、すぐにかえってきてくれればいいよ？　ミリィたち、いいこでおるすばんしてる。もうぼくじょうのしごと、ぜんぶできるもの」

「そーそー。いざとなったら、ボスのところいって『たすけてくれー』っていえばいいしな」

「二人とも……」

リューとミリィの思いやりに、本当に涙が出そうになった。

彼らだって急に変な大人が押しかけて戸惑っているだろうに、ライムのこともしっかり気遣ってくれている。なんていい子たちなんだろう。

ライムは二人を撫でながら言った。

「ありがとう……二人とも、本当に嬉しいよ。でも大丈夫、あの人たちについて行くことは絶対にないから。無理して断ってるんじゃなくて、本当に行きたくないんだ」

「……ほんと？　ミリィたちがじゃまなんじゃなくて？」

「まさか。そんなこと一ミリも思ってないよ。俺はこの牧場が好きだし、きみたちのことも大好きだ。だからずっとここにいたいんだよ」

というか、クロトたちについて行ったら最後、二度とこの島には戻って来られない。自由を奪われ、一生奴隷のように飼い殺しにされるのがオチだ。そんなことになったら、自分の人生も終わりである。

「……でもごめんな。ロデューカさんが来るまであと二日、ここで寝起きしなきゃならないんだ。さすがにもう雨漏りはしないけど、俺のせいできみたちにまで不便な生活を強いることになってしまった。寝る時も藁のベッドだし……本当にごめんな」

重ねて謝ったら、リューとミリィは笑いながらこう答えた。

「べつにいいぜ？　おれ、わらのベッドけっこーすきだし」

「うん。あれ、ふかふかできもちいいの。いつものベッドとはちがうかんじ」

「てか、牛たちといっしょにねるとか、かなりひさしぶりだよなー。ライムとあったときいらいというか」

「なつかしいねー。あれからミリィ、たのしいことがいっぱいのせいかつになった。おいしいものもいっぱいたべられて、牛さんもぴよちゃんもかわいくて、まいにちしあわせ」

「おれも、でっかいカブトムシのともだちできたしな。……あ、そういやジローはなにしてんだろ。かってにやさいくいあらしてねーか、みてくるわ」

そう言ってリューは、牛舎から飛び出して行った。

ジローは室内より外の方が好きなのか、普段は畑や牧草地をうろついている。家や牛舎には入らず、土を掘り返したり丸太を運んだりしてくれるので、今ではほとんど放し飼い状態だった。おとなしいし暴れたりもしないので、かなり重宝している。

ライムは腰を上げ、牛舎の片隅に自分たちのベッドスペースを設けようとした。

その時、

「うわあぁぁ！　ジロー、だいじょうぶか!?　おまえら、なにすんだよー！」

リューの大声が聞こえてきた。

もしやと思って飛び出したら、案の定クロトたちがジローを叩きのめしていた。

ジローは地面にひっくり返り、仰向けのまま目を回している。

「おまえら、ぜってーゆるさねー！　よくもジローをやっつけたな！」

「何を怒っているんだ？　そいつはモンスターだぞ？　そこの畑を荒らしていたのを僕たちが退治してやったんだよ。むしろ感謝して欲しいくらいだね」

「かってにたいじしてんじゃねー！　ジローはおれのともだちなんだよ！　おそわれてもいねーくせに、なんでこんなことすんだよ！」

泣き喚きながら腕を振り回しているリュー。

クロトにポカポカ殴りかかっていたが、彼が装備していた盾に弾き飛ばされて地面にすっ転んでいた。

さすがにこれは看過《かんか》できず、慌ててリューを助け起こしてクロトたちを怒鳴りつける。

「いい加減にしてください！　子供を泣かせて何が楽しいんですか！」

「何を逆ギレしているんだ？　きみが、モンスターがいることをきちんと説明しなかったのが悪いんじゃないか」

「言い訳はいいので、早く謝ってください！」

「なんで僕が謝らなきゃいけないんだよ。僕は何も悪いことをしてないのに」

……ダメだ。全く話にならない。謝るどころか開き直ってくる態度に、こちらの頭が沸騰しそうだった。

怒りでくらくらしてきたので、ライムは一度距離を取ることにした。

リューとジローを抱え、再び牛舎に避難する。そして食料庫に保管してあったミルクを持ってきて、目を回しているジローにしこたま飲ませてやった。

「ジ、ジロー、だいじょうぶか？　しんでないか？」

「グェ……」

「ほら、ジローのすきなミルクだぞ。これのめばげんきになるよな？」

リューも一緒にミルクを差し出す。

一定量までミルクを飲んだところで、唐突にジローが置き上がり、いつもの鳴き声を上げた。

「クワーッ!」

「よ、よかった……。もうだいじょうぶみたいだな」

「ヘラクレスの皮膚は、俺たちよりずっと頑丈なんだよ。ちょっと殴られたくらいじゃ大したダメージにならないんだろうな」

「そうか。ジロー、おまえすごいな。めっちゃつよいじゃん」

ジローを手放しで讃えた後、リューは尻尾を逆立てて怒りを撒き散らした。

「にしても、あいつらホンットにゆるせねー! いまからボコボコにしてきてやる!」

「……落ち着け。悔しいのはわかるが、こっちから手を出したらまた反撃されてしまうぞ」

「じゃあ、このままひっこんでろっていうのかよ!?」

「もちろん、このままやられっぱなしでいるつもりはないさ。あの人たちが好き放題振舞えるのも、せいぜいあと二日だよ。そしたらロデューカさんが来てくれる」

「? ロデューカさんって、ボスのおともだちよね? なんでくるの? なにかようじ?」

「それはわからない。サテイも詳しいことは教えてくれなかった」

「てか、ようじがあるならいまいえばよくね? ボスのいえでっかいんだからさ、あいつらそこにつれてってはなしすればいいじゃん」

「それは断固拒否らしい。自分の屋敷をあんな連中に荒らされたくないんだろうよ」

「えー……？　だからってうちをあらされるの、ミリィはいやだ」

……それはごもっともである。

サティーヤが何を考えているかわからないが、ロデューカが到着するまでの間、厄介者を押しつけられた感は否めなかった。

「まあとにかく、俺たちはなるべくいつもと同じように生活しよう。牧場の仕事もいつも通りやるし、ミルクを卸すのも止めない。ちょっと大変かもしれないけど、一緒に頑張ろうな」

「しょーがねーな。あとふつかしたら、あいつらボコボコにしてやろ」

「……ミリィは、さっさとでていってほしい。もうにどとこないでほしい」

ライムも全面に同意しつつ、気を取り直すためにみんなで牛舎の掃除をすることにした。

放し飼いにしている牛たちは、「なんか変な人たちがいるんですけど」と怪訝な顔をして牛舎に戻ってきてしまった。やはり普段と違う人がいると、外には居づらいようだ。

ライムは肩を落としながら、黙々と古い藁を取り替えた。

11

それから、なんやかんやで二日が経過した。

「ライム、まだ気持ちは変わらないのかい？」

搾乳作業中に、クロトが話しかけてくる。

またか……と思い、ライムは一度搾乳を切り上げた。そしてバケツを作業場に運びがてら、苛立《いらだ》たしげに言った。

「……搾乳中は近づかないでくださいって言ったでしょう。ミルクの質が悪くなります」

「きみが真面目に話をしてくれないからだろう。いつも適当に流してばかりで、全然会話にならないじゃないか」

「だって俺には、もう話すことなんてないですからね」

「きみはいつも自分の都合ばかりだな。こっちはもう時間がないんだよ。早くしないと依頼の期限が来てしまう。少しは僕たちのことも考えてくれ」

……このように、身勝手な言い分ばかりで話にならない。

話が通じない人と会話するのは非常に疲れるので、今では必要最低限の会話しかしていない状況だ。

（はあ……もう解放されたい……）

たった二日だから、何とかなるだろうと思っていた。何を言われたってこちらの気持ちは変わらないから、適当に聞き流しながら仕事を続ければいいだけ。ロデューカが来るまでの辛抱だ。そう思っていた。

けれど向こうは、こちらが仕事していようが休憩していようがおかまいなしに説得しようとしてくる。普通に話しかけてくれるならまだしも、搾乳中の牛を驚かせるようなことを平気でしてくるのだ。しかも悪気なく、無意識に。

こちらからすると営業妨害すれすれの行為で、本当にいい加減にしてくれとキレかけたこともあった。もうストレスで爆発寸前だった。

（というか、サティは一体何をしてるんだ……。こんなヤツらに領地に居座られて、何もしないで黙って見てるつもりか……？）

どういう思惑があるのか知らないが、こういう時こそ領主様が直接出向いて「二度と来るな」と強気に追い出すべきじゃないのか。面倒な連中を島民に押し付けるとか、本当に何を考えているんだ。

せめて詳細を教えてくれれば、こちらもある程度は我慢してあげられるのに……。

「おいクロト、もう穏便なやり方はやめようぜ。こいつは、いくら言っても変わりゃしねぇよ」

ジャックが斧を担ぎ上げて言う。

エミリーも杖を構えて頷いた。

「そうよ。これ以上は時間の無駄だわ。言ってもわからないなら、多少強引な手を使ってでも連れて行くしかないじゃない」

「……！」

斧と杖を向けられ、ライムは愕然と目を見開いた。まさか本当に武器を向けられるとは思わず、最初はその光景が信じられなかった。

（……冗談だろ？　いや、冗談でも絶対やっちゃダメなやつだろ、それは……）

こちらは戦う術を持たない普通の村人だ。戦闘訓練も受けていないし、武器を握ったことすらない。

そんな相手に武器を向けるとか、一体どういう神経をしているのだろう。勇者たちの武器はあくまでモンスターを倒すためのものであって、人を脅《おど》すための道具ではない。いくら自分勝手な人たちでも、さすがにそこの線引きはできていると信じていた。

丸腰の村人に武器を向けてしまったら、野蛮な強盗と何も変わらないじゃないか……。

「……そういうのはやめましょうよ。あなた達はあくまで勇者でしょう？」

斧の刃をギラつかせながらジリジリこっちに寄って来るので、ライムはジャックを諭すように言った。

けれど彼は、さも馬鹿にしたように鼻を鳴らしてくる。

「ハッ！　この獲物が怖いのか？　だったらさっさとオレたちについて来な。素直について来りゃ、手荒な真似はしねぇからよ」

「…………」

「オレたちがその気になりゃ、お前なんかすぐにコテンパンにできるんだ。痛い目に遭いたくないなら、黙ってオレたちに従え。クロトも今回は給与を出すって言ってんだ。それで文句ねぇだろうが」

「……はぁ」

思わず溜息が出た。脅されて怖いというより、軽蔑の気持ちの方が強かった。

（ここまで落ちぶれてしまったのか。哀れだな……）

レベルダウンと共に勇者としての尊厳すら忘れてしまうとは……彼らはもう、いろんな意味でおしまいかもしれない。

失望しているライムを余所に、ジャックとエミリーが勝ち誇ったように言う。

「わかったら、こんな島さっさと出るぞ。オレたちにはのんびりしているヒマなんてねぇんだ。こなさなきゃいけない依頼が山ほどあるんだからよ」

「そうよ。あんたのせいで、二日も時間を無駄にしちゃったんだから。その責任もきちんと取りなさいよね」

と、こちらの腕を掴もうとしてくるので、ライムはサッと振り解いた。そしてハッキリ言ってやった。

「俺は行きません。あなた達みたいな、勇者の風上にも置けない人たちには従いません」

ポカンとした表情をする二人。

だがみるみる怒りで顔を赤くし、再び武器を構えて怒鳴り散らしてきた。

「はぁ!? あんた、まだそんなこと言うわけ!?」

「よし、わかった! てめぇは一度痛い目を見ないとわからねぇみたいだな!」

ジャックが斧を振り上げてくる。

だが振り上げ速度は驚くほど遅く、素人のライムでも軌道が目視できるレベルだった。

あまりにゆっくりだったので、スローモーションで再生されているのかと思ったくらいだ。

ライムは素早くそれを避け、隙だらけの腹部に一発拳を叩きこんだ。今までにないほど大きな手応えを感じた。

「ぶべっ!」

潰れたような声を出し、よろよろと背後に倒れ込むジャック。

鳩尾《みぞおち》に渾身《こんしん》の一撃を食らい、彼は泡を噴いて気絶してしまった。

（ええ？　なんだこれ……。俺、こんなに強くなってたのか……？）

　知らぬ間に自分の戦闘力が上がっていて、いい意味で驚愕した。

　毎日腹筋・背筋・腕立て伏せをしていただけなのに、ここまで強くなれるものなのか。

　これも良成長スキルのおかげなのか。だとしたら、スキルの効果がちょっと恐ろしくなる。

　今後は加減を間違えないようにしないと……。

「……ジャック。たかが村人の徒手空拳《としゅくうけん》で何を気絶しているんだ？　さすがにそれは情けないぞ」

「ハッ!?」

　クロトに軽く身体を蹴られ、ジャックは意識を取り戻した。

　腹部を押さえながらフラフラ立ち上がり、もう一度斧を握って言う。

「て、めぇ……！　こっちが優しくしてりゃ調子に乗りやがってぇ……！」

「あんた、ホントにいい加減にしなさいよ!?　私の魔法も食らいたいの!?」

　エミリーがこちらに杖を向けてきた。怒りと殺気を剥き出しにし、今にも呪文を唱えそうになっている。

　さて、魔法にはどう対処するべきか……と冷静に考えていると、

「おや、随分騒がしいね。何をしているんだい？」

　突然サティーヤがやってきた。実に二日ぶりの訪問だ。ワケありの領主様が、ようやく

満を持して彼らに会いに来たようだった。

クロトが怪訝な顔をサティーヤに向ける。

「……なんですか、あなたは」

「ふふ、『人に名を尋ねる時は、まず自分から』ね。これは最低限の礼儀だよ」

あくまで穏やかな口調で、サティーヤが答えた。

「まずはようこそ、ハルモニア島へ。領主のサティーヤ・ラングリッジです。どうぞお見知り置きを」

「ああ、領主様でしたか。それは失礼しました。勇者のクロトです。パーティーを率いて旅をしておりまして、この度こちらに寄らせていただきました」

妙に丁寧に頭を下げているクロト。

ライムへの態度とは全然違っていたので、別の意味でも呆れ果てた。そういやこの人、相手の身分によって態度を変えるタイプだったな……。

「それで、僕の島に一体何の用かな？」

サティーヤの質問に対し、クロトは堂々とこんなことを言い出した。

「実は領主様にご相談がありまして。ここの島民であるライムを、我々のパーティーに加入させたいのです」

「ふーん……？　なんで？」

「ライムは今まで、僕たちの仲間として一緒に旅をしてきました。けれど彼は、急にパーティーを外れてこの島に移住してしまったんです。僕たちは彼とずっと一緒に旅を続けたかったのに、いきなりいなくなるなんて悲しすぎるでしょう？　それで迎えに来たんですよ。でもライムは『島を出ていくには領主様の許可が必要だから』と言い張っているので、領主様にご相談を……という次第です」

あまりに都合のいい説明に、思わず「はぁ？」と白目《しろめ》を剥《む》いた。事実を曲解しすぎて、半分以上嘘が混ざっている。

こんな大嘘をサティーヤが信じるとは思えないけれど、こちらの立場を悪くすることばかり吹聴《ふいちょう》しないで欲しい。

「へえ、そうなの？　僕が聞いていた話とは随分違うけど。ライムはきみたちにクビにされたって言ってたよ？」

「それは、お互いコミュニケーションが足りなかった故の誤解でしょうね。僕たちは今でも彼のことを仲間だと思っています。クビにすることなんてあり得ませんよ」

白々《しらじら》しすぎる台詞に、一瞬くらっとめまいがした。

よくもまあ、ここまで息をするように嘘がつけるものだ。クロトは自分が何を言っているかわかっているのか？

自分にならともかく、仮にも領主であるサティーヤに嘘をつくのはやめた方がいい。サティーヤは確か、「相手が嘘をついているかどうかわかる」というスキルを持っていたはずだ。

権力者に虚偽《きょぎ》の発言をするのは、下手したらそれだけで罪になるのに……。

「……ふーん？　まあいいや。そこに関しては、ぶっちゃけどうでもいい。どっちが正しいかなんて明らかだし」

サティーヤがにこやかな顔をクロトたちに向ける。

だがこの時のサティーヤの顔は——何というか、以前クロトたちについて問い詰められた時の顔によく似ていた。書類を提出しにサティーヤの屋敷を訪れた、あの時の顔だ。

怒鳴りつけはしないけど、冷たく貼り付いた笑みが不気味というか、下手なことを言ったら何をされるかわからないような恐ろしさが滲み出ている。

とてもじゃないが口を挟むこともできず、ライムはヒヤヒヤしながら彼らのやり取りを見守った。

サティーヤが続ける。

「でも生憎、ライムはもう僕の財産だからねぇ？　さすがにタダで許可を出すわけにはいかないな。彼を連れて行きたいなら、それなりの対価を支払ってもらわないと」

「は……対価ですか」

「そうだよ。まさか僕の知らないうちに勝手に連れ去って、誘拐まがいのことをする気だったわけじゃないよね？　それは僕に対する犯罪行為だから、そこんとこちゃんと認識しておいた方がいいよ」

　そう言った途端、ジャックとエミリーの顔が青くなった。「貴族に対する犯罪」という言葉は、彼らにとっても十分抑止力があったみたいだ。

（そりゃそうだ……。犯罪者扱いされたら、新しい依頼が受けられなくなるし）

　他にも新しい町に行けなくなったり、特定の店が利用できなくなったり、下手したらお尋ね者として指名手配される可能性だってある。冒険者にとっては「廃業の危機」にも近い痛手だ。

　それほど、貴族に対しての犯罪行為は恐ろしいものなのである。

「ええ、もちろん承知していますよ。なので、領主様が許可を出してくれた暁には、きちんと対価を支払うつもりでいます」

　と、クロトが揉み手をしそうな勢いで言う。猫撫で声なのがちょっと気持ち悪かった。

「それで、具体的に対価はいくらになるのでしょう？　提示していただければ、こちらもそれなりの用意をさせていただきます」

「う～ん……。まあ、軽く見積もっても最低一〇億ゴールドは必要だね」

「えっ……？」

　サラッと言われた台詞だったが、その場にいた全員があんぐりと口を開けた。当のライムも目が点になった。

（いやいや、一〇億ゴールドって……正気か？　そんなの、下手したら普通の貴族でも支払えない金額だぞ？）

それともアレか？　これはわざと無理な金額を提示して遠回しに断る……みたいな、貴族ならではの駆け引きか？

でも、そんなことを言うくらいなら最初からスパッと断ってやった方がいいと思うんだが……。

「あの……領主様。失礼ながら、それはさすがにぼったくりかと。そんな金額、他の領主様でもなかなか払えません。いち冒険者の僕たちに提示する金額ではありませんよ」

「おや、そうなの？　でもきみたち、かなりお金持ってるよね？　今までSランクの依頼をバンバンこなしてきたんだからさ」

「それは……」

一瞬クロトが口ごもる。

おそらく今まで稼いだ報酬は、日々の豪遊《ごうゆう》であらかた使い切ってしまったのだろう。レベルがダウンしてからはSランクの依頼も受けられていないだろうから、今の手持ちはそこまで多くないに違いない。

サティーヤが畳みかける。

「それとも何？　十分な手持ちがないのに、対価は支払うって大口《おおくち》叩いたわけ？　あるいは、用意できるあてが他にあるの？」

「いえ、それは……」

「ああ、でもそうか。きみたちは、今現在の手持ちが少なくてもそんなに困らないんだよね。いざという時は鉱山に踏み入って、希少鉱石をいっぱい採掘してくればいいんだもんね」

「……はっ？」

「どう？　三年前に盗んだ大量のアダマンタイト、高く売れた？」

「っ⁉」

クロトたちが一斉にフリーズした。ライムも「えっ？」とサティーヤを見た。

三年前に希少鉱石を盗んだ？　何だそれは？　そんな話は聞いたことがない。

いや、三年前だからライムはまだクロトのパーティーに加入していないのだが……。

ちなみに「アダマンタイト」とは希少鉱石の一種で、武器強化のパーツやアクセサリーの部品として高値で取り引きされている。

需要の高い鉱石だが、特定の鉱山でしか採掘できないので、イーデン王国で流通しているのはごくわずかだ。

（……ちょっと待てよ？　ということはこの人たち、勇者パーティーのフリをして窃盗《せっとう》を繰り返していたってことか？　俺はそんな人たちと旅をしていたのか？）

そう思ったら、急に背筋がぞっとしてきた。タイミングが悪かったら、自分も犯罪行為に巻き込まれていた可能性があったのか。

彼らは、ライムが思っていた以上にヤバい奴らだったようだ。

一方のクロトは、すっかり狼狽《うろた》えて話をごまかそうとしていた。

「な、何の話でしょうか？　領主様は何か勘違いしておられるのでは？」

「勘違いじゃないよ。記録もバッチリ残ってるもの。きみたち、三年前の冬至《とうじ》の日にセレーヌ領のマルコ鉱山に忍び込んだだろう？　そこでアダマンタイトをしこたま盗んで、何食わぬ顔で売りさばいたんだよね？」

「えっ……？」

セレーヌ領と言えば、ロデューカが治めている領地の名前である。いつもミルクを卸しているから間違えようがない。

つまりクロトは、三年前にロデューカが持つ鉱山に無断で踏み行って、貴重な鉱石を盗んでいったということか。そんなことをしては、貴族様に目をつけられても仕方がない。

（……ん？　でも、それとサティと何の関係があるんだ？）

サティーヤはあくまでハルモニア島の領主。

確かにロデューカとは仲良しだが、三年前の窃盗事件に関しては直接関係ない。サティーヤがクロトを咎める権利はないように思えた。

「仮にそうだとして、それと領主様に何の関係があるんですか？　僕たちがどこで何をしようと、領主様には関係ないでしょう。ハルモニア島を荒らしたわけじゃないんですから」

　と、クロトが論点をすり替えようとしてくる。

「そもそも勇者というのは、各地の洞窟や山を調査するのも仕事なんです。それをまるで犯罪のように言われるのは、いくら領主様でも心外ですね」

「へえ？　じゃあ、採掘許可証を偽造するのは犯罪じゃないんだ？　随分都合のいい頭をしているんだねぇ？」

「……え？」

「というか、きみは自分が偽造に使った名前も忘れちゃったのかな？　きみたちが許可証を偽造してくれたおかげで、こっちはとんでもない迷惑を被《こうむ》ったんだけどなぁ」

「……！　ま、まさか……！」

　クロトの顔がみるみる青ざめていく。

　ジャックとエミリーも、見ていられないほど顔色が悪くなっていた。

　そんな彼らを楽しそうに見つつ、サティーヤが続ける。

「アダマンタイトを欲しがる人はたくさんいる。でもあれは毎年採掘していい量が決まっていて、特別な許可証がないと採っちゃいけない決まりになっているんだ。当然きみたちは許可証なんて持っていないから、このままでは鉱山に入ることができない。でも貴重なアダマンタイトが目の前にあるのに、簡単に諦めるのは悔しい。だからきみたちは、適当な貴族の名前を使って許可証を偽造することにしたんだ。それが僕の名前だったんだよね？　僕とロディが仲良しだったから、セレーヌ領内で名前を小耳に挟んだんでしょう」

「そ、それは……」

「ま、きみたちにとっては、偽造に使う名前なんて誰のものでも構わなかったんだろうけどさ。でも僕にとっては大問題。いきなり身に覚えのない訴訟状が届いてびっくりしちゃったよ。『マルコ鉱山の採掘許可証を無断で発行した』……なんて容疑かけられて、危うく裁判にまで発展するところだったんだから」

そんなことがあったのか。クロトに対して何かしら含みのある感情を抱いていたのは、かつて煮え湯を飲まされたからだったのか。ようやく理解できた。

何も言えなくなっているクロトたちに向かい、サティーヤは更に言う。

「貴族社会ってね、きみたちが思っているよりずっとルールが厳しいんだ。お互いの領地は基本的に不可侵。領民が他の領民に対して問題を起こした時は、速やかに領主同士で解決を図る。そうでないと戦争になってしまうかもしれないからね。で、万が一最悪の事態——戦争になってしまったとしても、事前に使者を送って『これこういう理由で戦争を仕掛けます』みたいな口上を述べなければならないんだ。それくらい領地の問題はデリケートなんだよ」

なるほど。だからロデューカは、使用人のフランクがこちらに迷惑をかけた時に慰謝料を支払ってくれたのか。それが貴族社会の掟であり、お互いに有効な関係を続けるためのルールだったのだ。

「だからどんなに仲のいい貴族同士でも、断りなしに採掘許可証を出すなんて絶対に許されない。そこは決して踏み越えちゃいけない領域なんだ。そのせいでロディも、『何で勝手にこんなことを』って僕のこと非難してきた。もちろん最終的に誤解は解けたけどね、自分の容疑を晴らすためにあちこちで弁明したり、いろんなところに頭を下げる羽目になったんだ。あれは本当に大変だったから、僕は一生忘れない。そして、こんなことをやらかした奴らのことは絶対に許さない。見つけ次第逮捕してやろうって、ロディと約束したんだよ」

逮捕、という単語を聞いた瞬間、クロトたちがぎょっと目を剥いた。ジャックなどは自分の斧を取り落とし、今にも逃げ出そうになっている。

「でもきみたちは――何というか、無駄に逃げ足が速くてね。次から次へと違う街に移動しちゃって、なかなか足取りが掴めなかった。ちょっとでも怪しい気配を見せると、すぐに行方をくらましちゃうしさ。ま、それだけ悪いことをしている自覚はあったってことなんだろうけど」

「…………」

「でも半年前にライムがこの島に来てくれて、きみたちと関わっていたことを知って、『もしかしたらチャンスかも』って思った。きみたちは、楽《らく》して金を稼ぐことしか考えてないからね。ならば、いつか絶対ライムに再接近してくると思ったよ。そしたら案の定、この通り。これでやっときみたちを逮捕できる」

「う……」

「ああよかった！　辛抱《しんぼう》して待ってた甲斐があったよ。ライムにも感謝しないとな♪」

サティーヤが上機嫌にポンと手を叩いた瞬間、とうとうジャックが叫び始めた。

「うわあああぁ！」

悪あがきのように、その場から一目散に逃げようとする。

だが牧場の外は、いつの間にかロデューカが連れて来た私設兵団に囲まれていた。

「おっと、逃がさねぇよ」

「ぎゃあ！」

案の定、ジャックが兵士たちに取り押さえられる。クロトとエミリーも次々取り押さえられ、三人仲良く後ろ手に縛り上げられていた。

「ふふ、どこに逃げるつもりだったのかな？　ここは離島だから、逃げ場なんてどこにもないよ？　無駄な労力を使うより、おとなしくお縄についた方が賢明だと思うけどねぇ？」

サティーヤがわざと煽《あお》るような言葉を口にする。

するとロデューカも、ニヤニヤしながら親友に同調した。

「いやいや、こいつらに賢明さなんて求めちゃいけない。そんなことができるなら、後先考えず鉱山に踏み入ったりしねぇよ。勇者だのなんだの言っているが、所詮はただのコソ泥だ」

「それもそうか。バカは死なないと治らないとも言うしね。どんな刑が科《か》されるか、楽しみだねぇ♪」

どこかウキウキしている二人の領主様。

一方のクロトたちは仲間だった絆はどこへやら、お互いを口々に罵り始めた。

「ちくしょう！　だからオレはやめようって言ったんだ！　それなのにクロトが『これで大丈夫だ』なんて言うから！」

「僕のせいにするのか!?　きみたちだって、貴重な鉱石を見つけて大喜びしていたじゃないか！　僕は悪くない！」

「喜んでないわよ！　あんな鉱石、本当は欲しくなかったんだから！　私は巻き込まれただけよ！　私こそ被害者なのよ！」

誰のせいだの、自分は悪くないだのと、責任転嫁し合う三人。

あまりに見苦しすぎる光景で、思わず深い溜息が出た。自分たちの行いが招いた結果だろうに、誰一人反省していない。謝罪の言葉すら出て来なかった。

(……もうダメだな。この人たちはきっと、死ぬまで変わらないんだ)

何とも言えない虚しさを味わいながら、ライムは何気なく牛舎に目をやった。

牛舎の出入口から、子供たちと牛たちがこちらの様子を窺っている。近づいちゃいけない雰囲気を察してか、牛舎で待機してくれていたみたいだ。

ライムが牛舎に近づいて行くと、ミリィが待ってましたと言わんばかりにこちらを見上げてきた。

「ねえライム。あのひとたち、いったいなにしてたの？　なんかすごくうるさかったんだけど」

「いやな、彼らが勝手なことばかりしてたからサティの逆鱗《げきりん》に触れたんだよ。それで、これから遠いところに連れて行かれるんだ。多分、二度とここへは戻って来られないだろう」

「そうだったのか？　ボスをおこらせるとか、ザマァだな」

「でも、ボスにおこられたなら、もうここにはこないのよね？　ライムがどこかいっちゃうこともないのよね？」

「ああ、ないよ。またいつもの生活に戻れるんだ」

そう言ったら、子供たちは手放しに喜んだ。リューとミリィも、迷惑な人たちがいなくなって相当嬉しかったみたいだ。

「……と、その前に家の片付けをしないとな。あの人たちのことだから、きっと中はぐちゃぐちゃだろうし」

恐る恐る、家の中を確認する。

二日ぶりのログハウスは、予想より遥かに汚れていた。ゴミは溢れているし、ベッドもしわくちゃのまま。食器は使いっぱなし、道具も出しっぱなしで、たった二日でよくもまあここまで汚せるものだと感心してしまった。本当にマナーの悪い連中である。

仕方なく三人でせっせと掃除をしていると、サティーヤとロデューカが家に入ってきた。クロトらは兵士たちに預け、本土に輸送させたようだった。

「はー……やれやれ。やっと問題がひとつ解決したぜ」

自分の肩を揉みながら、ロデューカがこちらに手を振ってくる。

「いやぁ、遅くなってすまなかったな。二日間もあの連中を宿泊させて、大変だっただろ？　優秀な兵士を選抜してたら、時間かかっちまって」

「いえ……目的が果たせてよかったです」

「うんうん、本当によかった。盗られた鉱石は戻ってこないけど、これでコソ泥を一組潰せたしさ。僕もちょっとスッキリしたよ」

「サティは鉱石より、もっととんでもないもの失っただろ。それこそ二度と戻ってこないぞ」

「ああ、継承権のこと？　そんなの最初から興味なかったからいいんだよ。それより、単純な迷惑料としてあいつらをシバきたかったんだ。今は気分爽快だね」

朗らかに笑っているサティーヤ。

はて、と思ってライムは二人に聞いた。

「あの、継承権って何のことですか？」

「ああ。こいつ、元王子様なんだよ。それが許可証偽造事件に巻き込まれたせいで、責任取って継承権を放棄しちまったんだ」

「………………は？　元王子様……って、え？」

動揺して目を白黒させていると、当のサティーヤがひらひらと手を振った。

「やだな、王位なんて本当に興味ないんだってば。それに、そんなこと言ったらロディだって継承権持ってるでしょ。順位は低いけど」

「まあな。でも一〇八位なんてないようなもんだろ。お前さんの七位に比べりゃ、ゴミみたいなもんだ」

「うわぁ……」

衝撃の事実に、自然と足が半歩下がった。その場で跪《ひざまず》かないといけないんじゃないかと思ってしまったくらいだ。

「ほらぁ～。ロディがそんな話するから、ライムがドン引きしてるじゃない」

「おっと悪い。でも、貴族で継承権を持ってるヤツなんて別に珍しくないんだぜ？　最近爵位をもらったとかじゃない限り、だいたいどの家も遡《さかのぼ》れば王族の親戚になるからな」

「は、はあ……」

「そういうこと。それに僕はもう継承権放棄しちゃって、ただの田舎貴族になっちゃったからね。ライムは何も気にする必要ないよ。これまで通り、お友達として接してくれたら嬉しいな♪」

「わ、わかりま……わかっ……げほっ」

あまりに動揺しすぎて、舌を噛んでしまった。

継承権とか順位とか難しいことはわからなかったが、とりあえず貴族を敵に回すと人生が終わるということだけは再認識した。

（サティのことは、絶対怒らせないようにしよ……）

子供たちは大人の話についていけず、頭に「？」を浮かべて首をかしげている。

これ以上自分が動揺していると子供たちも心配しそうなので、ライムは気を取り直して尋ねた。

「ま、まあ逮捕できたのはよかったですけど……クロトさんたちを逮捕したいなら、なんで最初から教えてくれなかったんです？　知っていれば、俺ももっと全面的に協力しましたよ？」

「ごめんね。ライムはお人好しだから、かつての仲間を逮捕するなんて聞いたら『それはちょっと』って止めてくるかもと思って」

「……いや、さすがに止めないよ。俺もあの人たちにはいい加減うんざりしてたし」

「それに、今回ばかりは絶対に逃がしたくなかったからね。どこかで情報が漏れてもマズいんで、準備が整うまでは詳細を教える人も最小限に絞ったんだ。だから連絡も、怪しまれないようにいつも牧場に出入りしているフランクくんに頼んだんだよ」

「えっ？　フランクに？」

「ああ。何を隠そう、最初にあいつらを見つけたのはフランクだからな」

と、ロデューカがやや誇らしげに言う。

「フランク、実は『映像記憶』ってスキル持っててさ、ミルクを買いに来たクロトたちの顔を覚えていたんだ。で、『これはロデューカ様が言っていたコソ泥に違いない』ってんで、上手く牧場まで誘導してくれたわけ。そこからは完全に袋の鼠よ。離島に隔離しちゃえばこっちのもんだしな」

「そ、そうだったんですか……。意外な活躍だな……」

「そう、人には意外な取り柄があるんだ。明らかなキレ者よりも、見るからにドジなヤツの方が役に立つこともある。これだから人材発掘はやめられないな」

ニヤリと笑って、ロデューカが続けた。

「個人的には、お前さんの能力も気になってるんだぞ？　良成長スキルなんて、どんな風に使えるか考えるだけでワクワクするぜ。どうだ？　牧場ごとうちの領地に引っ越してこないか？」

「……えっ？　いや、それは……」

「やだな～ロディ。それじゃ軽く見積もっても一〇〇億ゴールドは下らないよ。本土はうちと違って牧場の維持費もすごいし、ライムがいてもあまり儲《もう》からないと思うよ～」

サティーヤが冗談交じりに牽制《けんせい》してくれる。

例え親友相手でも、ライムを渡す気は毛頭《もうとう》ないと意思表示しているみたいだった。そこまで重用《ちょうよう》してくれるのは、ありがたくもありこそばゆくもある。

ロデューカもそれをわかっているのか、同じく冗談交じりに答えた。

「ああ、一〇〇億ゴールドはマズいな。そんなに払ったらさすがの俺も破産だ。今はミルクだけで我慢しとくか」

「それがいいよ。ライムも、都会での生活より田舎暮らしの方が好きみたいだし」

「そうみたいだな。まあいいや。お前さんにはいろいろ迷惑をかけたが、引き続きミルク卸しはよろしく頼むぜ。コソ泥逮捕に利用したみたいになっちまったが、あのミルク自体は本当に気に入ってるんでね。もう少し余裕ができたら、生キャラメルの卸しも考えてみてくれ」

そう言って、ロデューカはくるりと背を向けた。

「ありゃ、もう帰るの？」

「ああ。あいつらの罪状を隅から隅まで調べないといけないからな」

「お、いいね。この際だから徹底的にやっちゃって」

「はいよ。刑が決まったらまた連絡するわ」

ひらひらと手を振りつつ、今度こそロデューカは去っていった。

残ったサティーヤはポンと手を叩き、こちらに向き直った。

「さてと……仕事がひとつ片付いたから、ちょっとお祝いしたい気分だな。ねえライム、お酒持ってくるから一緒に飲まない？」

「ええ？　いや、さすがに酒は……。牛たちの世話もしなきゃならないし」

事件が解決したとはいえ、あまり羽目を外すわけにはいかない。領主様はよくても、こちらは引き続き牧場を管理するという仕事があるのだ。

「それに、まだ家の掃除中なんだ。このままだと生活もままならないから、酒はまた今度な」

「うーん、そっか。というか、家の中随分汚れてるね？　あいつらに掃除邪魔されたの？」

「邪魔されたというか、クロトさんたちに貸したらこうなったんだ」

「……えっ？　あいつらに家使わせてたってこと？　それじゃきみたちは今までどこで寝泊まりしてたのさ？」

「どこって、牛舎の隅にベッドを作って……」

そう言ったら、サティーヤは驚愕して目を丸くした。

「えぇー？　それならうちに来ればよかったのに。二日くらいなら泊めてあげたよ？」

「でもサティ、『うちは断固拒否』って言ってたじゃないか」

「それはコソ泥に対してだよ。ライムたちは別」

……それならそうと、早く言って欲しかったんですけど。

小さく笑った後、サティーヤは踵を返した。そして手を振りながら、言った。

「じゃ、また来るね。みんなも今日はゆっくり休んで、あまり頑張りすぎないようにしなよ？」

と、邪魔にならないよう早々に退散してくれる。こういうドライなところも、領主様のいいところだ。

掃除を済ませ、何とか普通に生活できるくらいまで片づけたところでライムは子供たちに聞いた。

「さてと……予定がズレたが、牧場の仕事を再開しようか。俺は搾乳の続きをしようと思うが、二人は何をする？」

「おれはジローとわらのいれかえをするぜ」

「ミリィは、ぴよちゃんのおせわをしようかな。なんかさいきん、たまごをうむのがはやいの。ミルクだけじゃなくて、たまごもあまっちゃいそうよ」

「確かにな。今度は卵も売り歩くことになりそうだ。……それじゃ、また夕方まで頑張ろうな」

それぞれ道具を持ち出し、作業を開始する。

牛舎に向かったら、お姫様たちが「早く搾乳の続きをしろ」と言わんばかりにこちらに寄ってきた。今までずっとクロトたちに邪魔されていたので、牛たちにとってもいい迷惑だったようだ。

（この平和な日々が、これからも続くといいな）

甘いミルクの匂いを嗅ぎながら、ライムは平凡な幸せを噛み締めた。

おわり

コスミック文庫 α

パーティーをクビになったので、「良成長《りょうせいちょう》」スキルを駆使《くし》して牧場《ぼくじょう》でもふもふスローライフを送《おく》ろうと思《おも》います！

2023年8月1日　初版発行

【著者】　夢咲《ゆめさき》まゆ
【発行人】　佐藤広野
【発行】　株式会社コスミック出版
〒154-0002　東京都世田谷区下馬 6-15-4
【お問い合わせ】　一営業部一　TEL 03(5432)7084　FAX 03(5432)7088
一編集部一　TEL 03(5432)7086　FAX 03(5432)7090
【ホームページ】　http://www.cosmicpub.com/
【振替口座】　00110-8-611382
【印刷／製本】　中央精版印刷株式会社

ISBN978-4-7747-6490-0 C0193